Taschenbuch – Literatur - Klassiker

AF188232

Honore Balzac
Oberst Chabert

Honore Balzac
Oberst Chabert

1.Aufl.
Taschenbuch – Literatur - Klassiker
Herausgeber Frank Weber, Marburg
Bibliografische Information der Deutschen Nationalbibliothek:
Die Deutsche Nationalbibliothek verzeichnet diese Publikation in der Deutschen
Nationalbibliografie; detaillierte bibliografische Daten sind im Internet abrufbar über
http://dnb.dnb.de
© 2020 Honore Balzac
ISBN: 9783750438354
Deutsch von E.Weiss
Herstellung und Verlag: BoD – Books on Demand, Norderstedt

Honoré de Balzac

Oberst Chabert

Le Colonel Chabert

»Seht nur! Da kommt wieder einmal unser alter Militärfilz!«

Dieser Ruf entschlüpft dem Munde eines Schreibers, der zur Art derer gehörte, die man in den Anwaltsstuben Hans Dampf in allen Gassen nennt, und der im Augenblick damit beschäftigt war, mit mächtigem Appetit in ein Stück Brot hineinzubeißen. Nun brach er ein Stückchen Krume ab, rollte es zu einem Kügelchen, das er in heiterster Laune durch das Fenster schleuderte, auf dessen Rahmen er sich stützte. Wohl gezielt, schnellte das Kügelchen wieder zur Höhe des Fensters empor, nicht ohne den Hut eines Unbekannten getroffen zu haben, der gerade über den Hof des Hauses schritt. Es war ein Gebäude in der Rue Vivienne, hier wohnte Derville, der Rechtsanwalt.

»Halt! Simonnin,« sagte der Bureauvorstand und unterbrach die Addition einer Spesenrechnung, »lassen Sie Ihre Albernheiten, oder ich setze Sie vor die Tür. Ein Klient mag arm sein wie eine Kirchenmaus, ein Mensch bleibt er doch, Teufel noch mal!«

Der Hans Dampf in allen Gassen ist im allgemeinen, wie Simonnin im besonderen, ein Junge von dreizehn oder vierzehn Jahren, der in allen Anwaltsstuben dem Bureauvorstand unterstellt ist.
Er hat sich um dessen Besorgungen und Liebesbriefe zu kümmern, die er auf seinen Gängen zu den Gerichtsvollziehern und zum obersten Gerichtshof mit zu erledigen hat. Solch ein Kind weiß fast nie etwas von Mitleid, es ist ungezogen und unerziehbar, dafür aber versteht es Gassenhauer zu erfinden, der Spott bricht ihm aus allen Poren, nicht minder die Gier nach Geld und der Hang zum guten Leben.

Es benimmt sich wie ein Pariser Gassenjunge, denn das ist seine Natur, und die Schikane ist die Bestimmung seines Daseins. Und doch haben alle diese kleinen Laufburschen ein altes Mütterchen, das unter dem Dache haust und mit dem sie alles teilen: ihre dreißig oder vierzig Franken, die sie als Monatsgehalt beziehen.»Wenn es aber ein Mensch ist,« sagte Simonnin,»weshalb nennen Sie ihn einen alten Militärfilz?« Dabei ahmte der Junge die Art eines Schülers nach, der seinen Herrn Lehrer bei einem Fehler ertappt. Nun machte er sich wieder an sein Brot und an seinen Käse, wobei er den Rücken an das Fensterkreuz stützte, denn er hielt sich aufrecht wie ein altersmüder Gaul, ein Bein um das andere gerankt und immer auf der äußersten Kante seines Schuhes.

»Welchen Streich könnten wir nur diesem sonderbaren Kauz spielen?« sagte leise der dritte Bureauangestellte (er nannte sich Godeschal), während er sich mitten in seiner Überlegung unterbrach. Es handelte sich eben um eine Bittschrift, die von dem vierten Schreiber ausgefertigt und von zwei eben aus der Provinz gekommenen Neulingen kopiert wurde. Ohne Pause fuhr er in seinem Texte weiter fort:». . . aber in seiner hochherzigen und wohlwollenden Weisheit hat seine Majestät, Ludwig der Achtzehnte . . . (alles in Worten auszuschreiben, hören Sie wohl, Desroches, Sie weiser Mann, der Sie die Sache ins reine schreiben sollen) . . . im Augenblicke, da sie die Zügel der Regierung wieder ergriff, verstanden (na, was hat er denn verstanden, der dicke Hanswurst?), hat seine Majestät die hohe Berufung verstanden, zu welcher sie von der göttlichen Vorsehung auserwählt war! . . . . . . (Ein Ausrufungszeichen und noch sechs Punkte dazu. Man ist beim obersten Gerichtshofe so bigott, daß man solches gerne sieht) und ihr erster Gedanke war, wie es das Datum der weiter unten angezogenen Verordnung erweist, alles Unheil wieder gutzumachen, das auf die schrecklichen und fürchterlichen Wirrnisse der Umsturzperiode zurückgeht, indem sie ihren allzeit getreuen und zahlreichen Dienern (zahlreich ist eine feine Schmeichelei, die denen beim obersten Gericht wohlgefallen muß), also seinen Getreuen alle noch nicht verkauften Güter wiedererstattet, sei es, daß sie zu dem ordentlichen oder außerordentlichen Gut der königlichen Krone gehören mögen, sei es endlich, daß sie sich unter den Stiftungen öffentlicher Natur befinden, denn dies ist und bleibt erweislich der Sinn

und Geist der berühmten und so loyalen Ordonnanz, erteilt am . . .
Halt!« sagte Godeschal zu den drei Angestellten, »diese verdammte
Phrase hat meine Seite bis an den Rand angefüllt. Nun seht mal,« fuhr
er fort, indem er mit seiner Zunge den Rücken des Schreibheftes
anfeuchtete, um besser die dicken Blätter des Stempelpapiers
umwenden zu können, »nun seht mal, wenn ihr ihm einen Streich
spielen wollt, braucht ihr ihm bloß zu sagen, daß unser Chef für seine
Klienten nur zwischen zwei und drei Uhr morgens zu sprechen ist, wir
wollen sehen, ob er dann kommt, der alte Schurke.« Und Godeschal
setzte die begonnene Phrase fort: »erteilt am . . . Sind Sie so weit?«
fragte er.

»Ja«, schrien die drei Kopisten.
Alles ging seinen Gang weiter, die Bittschrift, das Plaudern und die
Verschwörung.

»Erteilt am . . . Nun, Vater Boucard, wann ist die Ordonnanz ergangen?
Die Punkte auf die i gesetzt! Donnerwetter! Das füllt die Seiten!«

»Donnerwetter«, wiederholte einer der Kopisten, bevor noch Boucard,
der erste Angestellte, hatte antworten können.

»Was? Sie haben Donnerwetter hingeschrieben?« fragte Godeschal,
indem er einen von den Neulingen anstarrte, mit tödlichem Ernst und
lustigem Spott zugleich.

»Freilich hat er,« sagte Desroches, und beugte sich über die Kopie
seines Nachbarn, »er hat hingemalt: Die Punkte auf die i gesetzt und
Donnerwetter noch dazu mit f.«

Alle Angestellten brachen in ein dröhnendes Lachen aus.

»Aber, lieber Herr Huré, Sie halten Donnerwetter für einen juristischen
Ausdruck und dabei geben Sie vor, Sie seien aus Mortagne?« rief
Simonnin.»Radieren Sie es aus«, sagte der Bureauvorsteher.»Wenn
der Richter, der diese Spesenrechnung prüft, so etwas zu Gesicht
bekäme, würde er sagen, daß man sich über ihn lustig macht. Sie
würden dem Chef Unannehmlichkeiten bereiten.

Also, keine solchen Dummheiten mehr, Herr Huré. Ein Normanne darf eine Bittschrift nicht schlenderhaft schreiben. Auch bei den Schreibern gilt das Kommando: Schultert das Gewehr!«

»Erteilt am...« fragte Godeschal. »Sagen Sie mir doch wann, Boucard!«

»Juni 14«, antwortete der Vorstand, ohne seine Arbeit zu unterbrechen. Ein Pochen an der Tür der Anwaltsstube zerschnitt die Phrase der weitschweifigen Bittschrift. Fünf Angestellte wie ein einziger Mann, mit blitzenden Augen voller Spott, mit gekräuselten Haaren auf den Köpfen, alle blickten nach der Tür, nachdem sie mit Stentorstimme Herein gerufen hatten. Boucard hatte sein Gesicht in einem Aktenheft eingemuffelt und ließ sich nicht darin stören, die Spesenrechnung auszuarbeiten.

Das Bureau war ein großer Raum. Natürlich fehlte der mächtige Ofen nicht, so wie er in allen Vorhöllen der Schikane zu finden ist. Die Röhren liefen schräg durch das Zimmer und trafen sich in einem Marmorkamin, auf dessen Platte man ein paar Stücke Brot, dann dreieckige Schnitten Fromage de Brie und frische Schweinskotteletten sah, neben Gläsern, Flaschen und einer Tasse Schokolade für den Vorstand des Bureaus. Der Duft all dieser Speisen mischte sich wunderbar mit dem Brodem des Ofens, der über alles Maß geheizt wurde, dazu kam noch der eigentümliche Odeur der Schreibstuben und der aufgehäuften Masse Makulatur, alles in allem eine so starke Mischung, daß darin der Gestank eines Fuchses spurlos untergegangen wäre. Der Fußboden war mit Kot bedeckt und mit den Resten Schnees, den die Angestellten mitgebracht hatten. Nahe beim Fenster befand sich das Zylinderbureau des ersten Schreibers, diesem benachbart ein kleiner Tisch für den zweiten. Der zweite »erledigte« im Augenblick den obersten Gerichtshof.

Es war zwischen acht und neun Uhr morgens. Die Schreibstube hatte als einzigen Schmuck große gelbe Zettel, Ankündigungen von Beschlagnahmen, Verkäufen, Versteigerungen, sowohl zwischen Mündigen als zwischen Unmündigen, endgültige oder provisorische Erkenntnisse, die üblichen Ruhmestitel aller Anwaltsbureaus. Hinter dem Bureauvorstand erhob sich ein ungeheurer Aktenschrank, der die

Mauer von unten bis oben bedeckte. Jedes Fach war vollgestopft mit Aktenmassen, aus denen Etiketten und rote Heftfäden heraushingen, wie sie den Prozeßakten ihr eigentümliches Aussehen verleihen. In den unteren Fächern des Schrankes häuften sich blaugeränderte Aktendeckel, die durch den Gebrauch vergilbt waren und auf denen man die Namen der »fetten« Klienten lesen konnte, deren saftige Angelegenheiten gerade jetzt im Dunst schmorten. Die schmierigen Fensterscheiben ließen nur wenig Licht herein. Es gibt ja überhaupt wenig Pariser Bureaus, in denen man im Februar vor zehn Uhr ohne künstliche Beleuchtung schreiben kann, denn sie sind alle das Opfer einer, im übrigen verständlichen, Vernachlässigung. Alle Welt kommt hin, keine Menschenseele verweilt in ihnen, kein persönliches Interesse ist einem so banalen Raum verknüpft, weder der Anwalt, noch die Parteien, noch die Angestellten legen Wert auf die Eleganz eines Raumes, der für die einen ein Treffpunkt, für die anderen ein Durchgangsraum, für den Anwalt sein Laboratorium ist. Das schmutzige Mobiliar vererbt sich von einem Anwalt zum anderen mit solcher Gewissenhaftigkeit, daß viele Bureaus noch Fächer und Tischladen mit Aufschriften besitzen, die auf eine längst überholte Art der Rechtsprechung hindeuten. Nun, dieses geräumige, staubbedeckte, düstere Bureau hatte, wie alle seiner Art, irgend etwas, das die Parteien anwiderte, und das ihm den Stempel einer ekelhaften Scheußlichkeit aufdrückte. Wenn freilich die feuchten, dunklen Sakristeien, wo die Gebete wie Pfeffer oder Zucker zugewogen und nach Gewicht bezahlt werden, nicht auf der Welt wären und ebensowenig die Magazine der Trödler, wo Lumpen und Fetzen sich umhertreiben als die Symbole der Erbärmlichkeit alles Lebens im allgemeinen und unserer Illusionen im besonderen – wenn diese zwei Schmutzwinkel der Poesie nicht geschaffen wären, dann bliebe die Schreibstube eines Anwalts das scheußlichste aller Gemächer, wo Menschen zusammenkommen. Aber sind denn die Spielhöllen, die Säle in den Gerichten, die Kabinettlein der öffentlichen Häuser oder die Lotteriebureaus etwas Besseres? Nein, es ist das gleiche. Und warum? Vielleicht deshalb, weil hier das Drama der menschlichen Seele sich in ihrem Innern abspielt. Was kann dann der umgebende Raum viel bedeuten? Ebensowenig, wie er einem großen Denker oder einem Ehrgeizigen von Rang nicht das mindeste bedeuten kann. So erklärt sich die Einfachheit solcher Menschen in äußeren Dingen.

»Wo ist mein Federmesser?«

»Ich bin gerade bei meinem Frühstück.«

»Du kannst dich aufhängen. Was soll ich mit meinem Tintenfleck auf der Bittschrift beginnen?«

»Still, meine Herren!«

Diese Ausrufe brachen im selben Augenblick los, als der alte Klient die Türe schloß. Er tat es so demütig, daß seine Bewegung unnatürlich wurde. So sind die Unglücklichen. Der Unbekannte versuchte ein Lächeln, aber seine Gesichtsmuskeln erschlafften, als er auf den blitzend unverschämten Gesichtern der sechs Angestellten vergeblich auch nur nach einem Schimmer von Freundlichkeit suchte. Er war es offenbar gewohnt, Menschen einzuschätzen, denn er wandte sich sehr höflich an den Hans Dampf in allen Gassen, in der Hoffnung, der Knirps würde ihm höflich antworten.

»Bitte, kann ich den Herrn Chef sprechen?«

Der boshafte Laufbursche antwortete dem armen Mann nicht, sondern tippte nur mit den Fingern der linken Hand gegen sein Ohr, wie um zu sagen: »ich bin taub. Leider.«

»Was wünschen Sie, mein Herr?« fragte Godeschal, nicht ohne einen Bissen Brot hinunterzuschlingen, groß genug, eine Vierpfünderkanone damit zu laden. Dann schwenkte er sein Taschenmesser hin und her, kreuzte die Beine und hob dabei den freien Fuß bis zu Gesichtshöhe empor.

»Mein Herr, ich bin heute zum fünften Male hier,« sagte der arme Kerl, »ich möchte Herrn Derville sprechen.«

»Geschäftlich?«

»Ja. Aber ich kann die Angelegenheit nur dem Chef auseinandersetzen . . .«

»Der Chef schläft. Wenn Sie ihn in einer schwierigen Angelegenheit zu Rate ziehen wollen . . . er arbeitet richtig so erst gegen Mitternacht. Aber wenn Sie uns Ihre Angelegenheit vortragen wollen, können wir ebensogut wie er . . .«

Der Unbekannte stand unbeweglich da. Scheu blickte er um sich wie ein Hund, der sich in eine fremde Küche eingeschlichen hat, und Angst hat, man könnte ihn prügeln.

Es ist eine Wohltat ihres Berufes, daß Anwaltsangestellte nie Angst vor Dieben haben. So ließen sie denn auch den Militärfilz, von jedem Verdacht unbehelligt, die Räumlichkeit studieren, wo er vergebens nach einem Stuhl Umschau hielt.

Aber die Anwälte haben ihr System, das ihnen zu möglichst wenig Stühlen in ihren Bureaus rät. Der gewöhnliche Klient, müde des Wartens, aufrecht auf seinen lahmen Beinen, macht sich davon, zwar unter Schimpfen und Schelten, aber er nimmt wenigstens nicht die Zeit in Anspruch, deren Preis und Wert, nach den Worten eines alten Prokurators, in keiner Kostenrechnung gebührend in Anschlag zu bringen ist.

»Ich hatte bereits die Ehre,« sagte der Unbekannte, »Sie davon in Kenntnis zu setzen, daß ich meine Angelegenheit ausschließlich Herrn Derville vorlegen kann. Ich will daher warten, bis er sich erhebt.«

Boucard hatte endlich seinen Kostenvoranschlag beendet. Der Duft seiner Schokolade stieg ihm in die Nase, nun verließ er seinen Rohrstuhl, kam zum Kamin, maß den alten Mann von Kopf bis zu Fuß, betrachtete seinen schäbigen Reitrock und machte eine Grimasse, die nicht wiederzugeben ist. Offenbar dachte er, wie immer man den Mann ausquetschte, ein Heller würde dabei doch nicht herauszubekommen sein. Er setzte daher ein bündiges, kurzes Wort in die Diskussion, um dem Bureau eine schlechte Kundschaft zu ersparen. »Die Herren haben Ihnen die Wahrheit gesagt.

Der Chef arbeitet nur nachts. Ist Ihre Angelegenheit dringend, dann kann ich nur raten, um ein Uhr morgens wiederzukommen.«

Stumpfsinnig glotzte der Klient den Bureauvorsteher an und blieb stehen wie ein Stock. Die Angestellten kannten die Parteien der Prozesse, alle Wandlungen in ihren Zügen waren ihnen vertraut, auch die eigentümlichen Launen, die auf Unentschlossenheit und Grübelei zurückgehen. Sie ließen sich daher beim Essen nicht stören, und machten beim Kauen nicht weniger Lärm, als die Pferde es an ihrer Krippe tun und kümmerten sich nun nicht im geringsten um den Alten.

»Mein Herr, so werde ich heute abend kommen«, sagte der Alte, der zäh, wie alle Unglücklichen, den Menschen hier ihren Mangel an Menschlichkeit ins Gewissen rufen wollte. Denn die einzige Waffe, die das Elend noch besitzt, ist, die Justiz und die sogenannte Wohltätigkeit zu schreienden, offenkundigen Ungerechtigkeiten zu zwingen. Und haben die Unglücklichen die Gesellschaft der Lüge überführt, dann werfen sie sich nur um so inniger an die Brust Gottes, um sich da zu bergen.

»Hat der Kerl nicht einen Mordschädel?« sagte Simonnin, ohne abzuwarten, daß der Alte die Tür schloß.

»Er sieht aus wie aus dem Grabe gestiegen«, antwortete der Schreiber.

»Es ist irgendein alter Oberst, der den rückständigen Sold zurückfordert«, sagte der Vorstand.

»Nein, es ist ein alter Hausbesorger«, sagte Godeschal.

»Wetten, daß er von Adel ist«, schrie Boucard.

»Ich wette, er war Portier«, antwortete Godeschal. »Die Portiers sind die einzigen Wesen auf der Welt, die über solche verfilzte, ölige, unten ausgefranzte Mäntel verfügen, wie es der Mantel dieses alten Biedermannes ist. Habt ihr nicht seine Stiefel bewundert, die Wasser ziehen, oder seine Halsbinde, die ihm als Hemde dient? Er hat unter den Brücken geschlafen.«

»Er könnte ein Edelmann sein und doch Portiersdienste verrichtet haben«, rief Desroches. »Auch das hat sich schon begeben.«

»Nein,« antwortete Boucard mitten in der Brandung des Gelächters, »ich halte dafür, er war Bierbrauer zur Zeit der Revolution und Oberst unter der Republik.«

»Aber ich setze eine Loge für die ganze Gesellschaft aus, wetten, daß er nie Soldat gewesen?«

»Einverstanden«, antwortete Boucard.
»Mein Herr, mein Herr!« rief der kleine Schreiber, indem er die Fenster öffnete.

»Was tust du, Simonnin?« fragte Boucard.
»Ich rufe ihn und will ihn fragen, ob er Oberst oder Hausmeister ist. Wenn einer es weiß, ist er es.«

Alle Angestellten lachten. Aber der Alte stieg bereits wieder die Treppe empor.

»Was sagen wir ihm?« rief Godeschal.
»Laßt mich nur machen!« antwortete Boucard.

Der arme Alte kam schüchtern mit gesenkten Blicken zurück, vielleicht wollte er nicht seinen Hunger zeigen, wenn er gar zu gierig die Nahrungsmittel auf dem Kamin ansah.

»Mein Herr,« sagte Boucard, »wollen Sie doch die Freundlichkeit haben, uns Ihren Namen zu nennen, damit der Chef weiß, wer . . .«
»Chabert.«

»Oberst, gefallen zu Eylau?« fragte Huré, der noch nichts gesagt, und nur darauf gelauert hatte, einen Witz beizutragen.

»Derselbe, mein Herr!« antwortete der Alte mit der Einfachheit eines alten Römers. Und er zog sich zurück.

»SSSssssstttt!«

»Abgeblasen!«

»Puff!«

»Oh!«

»Ah!«

»Bummmm!«

»Eine gelungene Nummer!«

»Trinn, trinn, lala, trinn, trinn!«

»Hereingefallen!«

»Herr Desroches, Sie werden gratis ins Theater gehen«, sagte Huré dem vierten Schreiber und gab ihm einen Stoß gegen die Schulter, stark genug, einen Ochsen umzuwerfen.

Das war ein Wirbelsturm von Geschrei, Gelächter und Ausrufen. Wenn man es nachahmen wollte, müßte man alle Geräusche der Welt zu Hilfe nehmen.

»In welches Theater wollen wir gehen?«
»In die Oper!« rief der erste.

»Übrigens,« versetzte Godeschal, »die Wahl des Theaters stand mir frei. Ich kann euch, wenn ich will, ins Flohtheater führen.«

»Das Flohtheater ist kein Schauspielhaus«, sagte Desroches.

»Was ist denn eigentlich ein Schauspielhaus?« nahm Godeschal das Wort, »wir wollen uns erst einmal über den Begriff juristisch klar werden. Was habe ich verwettet? Eine Vorstellung im Schauspielhaus. Was ist ein Schauspielhaus? Eine Stätte, allwo man schaut . . .«

»Nach diesem System könnten Sie uns ebensogut auf den Pont Neuf führen, eine Stätte, allwo man schaut, wie unten die Seine fließt«, unterbrach ihn Simonnin.

»Allwo man schaut gegen Entgelt«, setzte Godeschal fort.

»Man schaut gegen Entgelt eine Menge Dinge, die doch kein Theater sind. Ihre Begriffsdefinition ist nicht exakt.«

»Aber! Aber! Wollen Sie mich überhaupt anhören?«

»Sie sind nicht recht bei Verstand, mein Kind«, sagte Boucard.

»Ist Curtius ein Schauspielhaus?« sagte Godeschal.

»Nein,« erwiderte der Oberschreiber, »sondern ein Wachsfigurenkabinett.«

»Ich setze hundert Franken gegen einen Sou,« nahm Godeschal den Faden wieder auf, »daß das Kabinett von Curtius alles in allem ein Unternehmen darstellt, dem alle näheren Merkmale eines Schauspiels zukommen. Es stellt dar eine Stätte, wo man etwas zu sehen bekommt und zwar gegen Entgelt, das sich nach der Güte der Plätze richtet, und dem Preis, den man anlegen will . . .«

»Und Schnick und Schnack«, sagte Simonnin.

»Nimm dich in acht, daß du nicht eine Ohrfeige erwischst, Kerl«, sagte Godeschal.

Die anderen zuckten die Achseln.

»Übrigens, ist es denn sicher, daß sich der alte Affe nicht über uns lustig gemacht hat?« sagte er, indem er seine Beweisführung preisgab, die sowieso im Gelächter der anderen erstickte.

»Tatsache ist: Oberst Chabert ist tot, seine Gattin hat sich wieder verehelicht, mit dem Grafen Feraud, Mitglied des Staatsrates. Frau Gräfin ist eine von unsern Klientinnen.«

»Die Verhandlung wird auf morgen vertagt«, sagte Boucard. »An die Arbeit, meine Herren! Hols der Teufel! Hier wird nichts geschafft. Machen Sie doch Ihre Bittschrift fertig, sie muß vor der Sitzung der vierten Kammer unterzeichnet sein. Heute findet die Verhandlung statt. Vorwärts!«

»Wäre er wirklich der Oberst Chabert gewesen,« sagte Huré, »hätte er dann nicht seinen Fuß am Hinterteil unseres witzigen Freundes Simonnin abgewischt, als der einen Tauben mimte?« und dieser Schluß schien ihm beweisender als alle Beweisgründe Godeschals.

»Dieweil noch alles in der Schwebe ist, einigen wir uns auf eine Loge im zweiten Rang der Comédie Française, wir wollen Talma als Nero sehen. Simonnin kann ins Parterre gehen.« Auf diese Worte hin setzte sich der Vorstand an seinen Tisch und die andern taten desgleichen.

»Erteilt im Juni des Jahres eintausend-acht-hundert-und-vierzehn alles in Buchstaben ausgeschrieben . . .« sagte Godeschal, »haben Sie das?«

»Ja«, antworteten die beiden Kopisten, und das Gekritzel der Federn auf dem Stempelpapier begann mächtig zu ertönen, nicht anders als hundert summende Maikäfer, von Schulkindern in Tüten eingeschlossen.

»Und so hoffen wir, daß die Herren, die das Tribunal zusammensetzen . . . Halt, ich muß meine Phrase noch einmal richtig durchgehen, denn ich kapiere mich selbst nicht mehr.«

»Sechsundvierzig . . . man hat auch so etwas schon gesehn . . . und drei sind neunundvierzig«, sagte Boucard.

Nachdem er seinen Satz überlesen hatte, diktierte Godeschal: »So hoffen wir, daß die Herren, die das Tribunal zusammensetzen, nicht weniger groß denken werden als der glorreiche Verfasser der

Ordonnanz, und daß sie nach Gebühr mit den erbärmlichen Prätentionen aufräumen werden, die von der Großkanzlei der Ehrenlegion erhoben worden sind und daß sie vielmehr das Recht fassen werden im weitesten Sinne, in welchem wir selbes Recht geltend machen.«

»Herr Godeschal,« sagte der kleine Laufbursche,»wünschen Sie ein Glas Wasser?«

»Simonnin, du Lausejunge,« sagte Boucard,»sattle und zäume deine Rosse, nimm dieses Paket und fort zum Invalidenhause!«
»... den wir hier geltend machen im Interesse von Frau ... (ausgeschrieben) Frau Gräfin Grandlieu...«

»Was?« schrie der Vorstand,»Sie haben allen Ernstes vor, eine Bittschrift in Sachen Gräfin Grandlieu kontra Ehrenlegion zu verfassen, eine Angelegenheit, die auf Kosten des Bureaus geht, eine Akkordarbeit? Sie sind wahrhaftig ein Trottel! Wollen Sie wohl sofort ihre Kopien und ihr Original in die Ecke schmeißen? Übrigens können wir sie für die Affäre Navarreins kontra Findelhaus später verwenden. Aber es ist spät, ich will eben noch ein Plazet erwirken mit einer einstweiligen Verfügung und werde selbst zum Gericht gehen.«

Diese Szene stellt als Musterblättchen einen von tausend Freudentagen dar, über die man später, in Erinnerung an die schöne Jugend sagen wird: War das eine herrliche Zeit!

Gegen ein Uhr morgens pochte der angebliche Oberst Chabert an die Tür des Maître Derville, Rechtsanwalts am Tribunal der ersten Instanz des Seine-Departements. Der Pförtner antwortete, Herr Derville sei noch nicht zurück. Der Greis berief sich auf die zugesagte Zusammenkunft und stieg die Treppe zu dem berühmten Rechtskundigen empor, der trotz seiner Jugend für den hervorragendsten Juristen des Gerichtshofes galt. Der mißtrauische Bittsteller schellte und war dann nicht wenig erstaunt, als er sah, wie der Bureauvorstand auf der Tafel des Speisesaales seines Chefs die zahlreichen Aktenbündel in eben der Reihe ordnete, in der sie morgen »darankommen« sollten.

Nicht weniger erstaunt war der Angestellte, aber er grüßte höflich und bat den Alten Platz zu nehmen, was dieser auch tat.

»Meiner Treu, lieber Herr, ich hatte schon gedacht, daß Sie einen Scherz gemacht haben, als Sie mir gestern eine so frühe Stunde für die Konsultation bestimmten«, sagte der Alte mit dem falschen Humor eines zugrunde gerichteten Mannes, der sich mit Gewalt zu einem Lächeln zwingen will.

»Es war ein Scherz der Schreiber und doch die Wahrheit«, sagte der Vorstand, ohne seine Arbeit zu unterbrechen. »Herr Derville hat diese Stunde gewählt, um Prozesse zu prüfen, Möglichkeiten zu erwägen, Zug um Zug alles vorzuschreiben und die Verteidigung zu entwerfen. Seine außerordentliche Klugheit entfaltet sich nie freier als in diesem Augenblick, dem einzigen, der ihm diese völlige Ruhe gewährleistet, die nötig ist, wenn man auf geniale Eingebungen kommen soll. Sie sind, mein Herr, seitdem er Anwalt ist, erst der dritte Klient, dem er Konsultation zu nächtlicher Stunde zugesteht. Nach seiner Rückkunft wird nun der Chef jede Angelegenheit durchsprechen, alles aktenmäßig überlesen und so drei oder vier Stunden an die Sachen wenden. Dann wird er mir ein Klingelzeichen geben und mir seine Absichten auseinander-setzen. Von morgens zehn bis zwei Uhr nachmittags empfängt er seine Klienten, den Rest des Tages verwendet er auf seine Zusammenkünfte. Abends geht er in Gesellschaft, denn er hat große Verbindungen aufrechtzuerhalten. Er hat also nur die Nacht für sich, um die Prozesse zu durchleuchten, die Arsenale der Gesetzbücher zu durchstöbern und seine Schlachtenpläne zu entwerfen. Er will keinen Prozeß verlieren. Denn er liebt seine Kunst. Er übernimmt nicht, wie viele seiner Kollegen, jede Art von Prozeßangelegenheit. Dies ist sein Leben, das Dasein eines außergewöhnlich tätigen Geistes. Auch verdient er viel Geld.«

Schweigend hörte der Alte diese Auseinandersetzung an, und sein sonderbares Gesicht bekam einen so stupiden Ausdruck, daß der Vorstand, nach einem prüfenden Blick, sich keinen Augenblick länger um ihn kümmerte.

Bald trat Derville ein, in Gesellschaftskleidung. Der junge Advokat blieb einen Moment starr, als er im Halbdunkel den sonderbaren, seltsamen Gast warten sah. Der Oberst Chabert stand stramm und steif wie eine Figur aus Wachs im Kabinett Curtius, dort, wohin Godeschal seine Kollegen hatte führen wollen. Man hätte sich über seine Unbeweglichkeit nicht weiter aufgeregt, hätte nicht ohnehin sein Anblick wie der eines Menschen aus einer anderen Welt gewirkt. Der alte Soldat war dürr und mager. Seine Stirn, mit Absicht unter der glatt anliegenden Perücke verborgen, gab ihm einen Hauch von Geheimnis. Die Augen schienen mit einem feinen Schleier bedeckt, als hätte sich ein trübes Perlmutterhäutchen darüber gelegt, worin sich bläulich die Reflexe der Kerzen spiegelten. Das Gesicht bläulichblaß, scharf wie eine Messerschneide und, wenn man den banalen Ausdruck nicht scheut, bei lebendem Leibe tot. Der Hals war eingeschnürt von einer schmierigen schwarzseidenen Kravatte. Und der Schatten barg so kräftig den Körper unterhalb dieser Linie, die das dunkle Tuch gezogen hatte, daß ein Mensch mit ein wenig Phantasie diese Erscheinung für einen Schattenriß, von ungefähr an die Wand geworfen, hätte halten können oder für ein Gemälde von Rembrandt ohne Rahmen. Die Ränder des Hutes, der die Stirn des Alten deckte, warfen einen breiten, schwarzen Streifen auf das Antlitz.

Ein eigentümliches, obgleich ganz natürliches Spiel von Licht und Schatten ließ in strengen Gegensätzen die weißen Falten und Furchen, die eisigen Winkel und das ausgelaugte, leichenartige Wesen des Gesichtes bizarr hervortreten. Dazu noch die völlige, maskenhafte Starre, der versteinerte Leib, der erloschene Blick, dazu ein ungewisser Ausdruck trauriger Verblödung, mit allen demütigenden Anzeichen der Idiotie, mußte dies nicht aus der Erscheinung des Mannes etwas Unbeschreibliches machen, das menschliche Worte auszudrücken zu schwach sind? Aber ein guter Beobachter und gar ein Rechtsanwalt hätte außerdem in dieser Ruine eines Mannes noch Spuren tiefen Leidens gesehen, die Zeichen eines Jammers, der ihn Schritt für Schritt erniedrigt hatte, wie ewig fallende Tropfen selbst ein Marmorbild entstellen mögen. Ein Arzt, ein Dichter, ein Beamter, sie hätten eine Tragödie geahnt beim Anblick dieses Mannes, dieser edlen Schreckensgestalt, der man wenigstens eines nicht abstreiten konnte:

den grotesken Phantasiefiguren gleich zu sein, wie sie die Maler spielend am Rande ihrer Radierungen hinzeichnen, wenn sie mit Freunden plaudern.

Beim Anblick des Advokaten lief über den Unbekannten ein krampfhafter Schauer, vergleichbar dem Erschrecken des Dichters, wenn ihn ein unvermutetes Geräusch aus seinen holden Träumen reißt, mitten in der Nacht, im Schweigen. Der Alte zögerte keinen Augenblick, die Kopfbedeckung abzunehmen und den Advokaten zu begrüßen. Ohne Zweifel war aber das Schutzleder seines Hutes sehr fett, denn seine Perücke blieb daran kleben, ohne daß er's merkte, und man erblickte plötzlich einen Schädel, schauderhaft verunstaltet durch eine Narbe von einem Ende zum andern, beginnend am Hinterhaupt und erst über dem rechten Auge endend, ein breiter flammend roter Streifen. Das plötzliche Verschwinden der schmierigen Perücke, die der Mann getragen, um seine starke Narbe zu verbergen, gab den zwei jungen Rechtskundigen nicht gerade Lust zum Lachen. So furchtbar war der gespaltene Schädel anzusehen. Was konnte man anderes denken, wenn man diese Narbe sah, als: Auf diesem Wege ging der Geist dieses Menschen dahin!

Ist es nicht der Oberst Chabert – ein Soldat ohne Furcht und Tadel ist es auf jeden Fall!

»Mein Herr,« sagte Derville, »mit wem habe ich die Ehre zu sprechen?«

»Mit dem Obersten Chabert.«

»Welchem?«

»Dem bei Eylau gefallenen«, antwortete der Alte. Als sie diesen sonderbaren Satz hörten, warfen sich Chef und Schreiber einen Blick zu, der sagen sollte: Der Mann ist verrückt.

»Mein Herr,« setzte der Oberst fort, »ich hätte sehr den Wunsch, Ihnen allein das Geheimnis meiner Lage mitzuteilen.«

Eine immerhin bemerkenswerte Eigenschaft ist die Unerschrockenheit der Advokaten. Sei es, weil sie gemeiniglich eine große Anzahl Menschen zu empfangen gewohnt sind, sei es das tiefe Gefühl für den Schutz, den ihnen die Gesetze angedeihen lassen, sei's das Vertrauen auf ihre Mission, sie treten ohne Furcht und Zagen über jede Schwelle, wie es die Ärzte tun und die Priester. Derville gab dem Schreiber ein Zeichen, und er verschwand.

»Mein Herr,« sagte der Rechtsanwalt, »während des Tages bin ich nicht sehr sparsam mit meiner Zeit, aber während der Nacht wiegt mir jede Minute schwer. Bitte, seien Sie kurz und bündig. Nähere Aufklärungen werde ich selbst erbitten, falls sie notwendig scheinen sollten. Sprechen Sie!« Er ließ den sonderbaren Klienten Platz nehmen, setzte sich vor seinen Tisch, dann blätterte er, während er seine ganze Aufmerksamkeit auf die Unterredung mit dem ehemaligen Oberst konzentrierte, in seinen Aktenheften.

»Mein Herr,« begann der Verstorbene, »vielleicht ist Ihnen nicht unbekannt, daß ich bei Eylau ein Kavallerieregiment geführt habe. Ich hatte viel Glück bei dem berühmten Angriff, den Murat befohlen hat, und der die Wagschale des Sieges zu unsern Gunsten sinken ließ. Sehr zum Unglück für mich aber ist mein Tod ein historisches Ereignis, niedergelegt in den Victoires et Conquêtes, wo er mit allen Details dargestellt ist. Wir hatten kaum die drei Linien der Russen durchbrochen, als sie sich alsobald hinter uns schlossen und uns zwangen, in entgegengesetzter Richtung nochmals durchzubrechen. Im Augenblick, da wir die Reihen der Russen zerschmettert haben und zum Kaiser zurückgaloppieren, stoßen wir auf das Gros der feindlichen Reiterei. Ich stürze mich auf diese Eisenköpfe. Zwei russische Offiziere, wahre Enakssöhne, werfen sich zugleich auf mich. Der eine schmettert mir einen Säbelhieb auf den Kopf, so übermächtig, daß er alles außer einer seidenen Mütze, die ich gerade unter dem Helme trug, in Splitter schlägt. Diese Wunde öffnet mir den Schädel breit. Ich stürze vom Pferde. Murat eilt mir zu Hilfe, er sprengt über meinen Leib, er und seine Leute, fünfzehnhundert Mann. Mehr waren's nicht. Mein Tod wird dem Kaiser gemeldet, der klug, wie er war (und er liebte mich auch ein wenig, unser Herr und Meister), wissen wollte, ob es denn keine Möglichkeit gäbe, den Mann zu retten, dem er diesen machtvollen Reiterangriff verdankte.

Um mich aufzufinden und zum Verbandsplatz zu bringen, entsandte er zwei Chirurgen, denen er, vielleicht so nebenhin, denn er war mitten in seiner Arbeit, gesagt haben mochte: ›Seht doch nach, ob nicht zufällig mein armer Chabert doch noch lebt!‹ Die zwei jungen Dächse, die mich eben von den Hufen zweier ganzer Regimenter überritten gesehen hatten, glaubten es mir wahrscheinlich nicht schuldig zu sein, meinen Puls zu fühlen, und sie sagten, ich sei tot. Das Protokoll über mein Hinscheiden wurde demnach in allen Regeln festgesetzt, wie sie das Militärrecht vorschreibt.«

Als der junge Advokat hörte, daß sein Klient sich mit außerordentlicher Klarheit ausdrückte und daß seine Erzählung, so sonderbar sie klang, doch einer gewissen Wahrscheinlichkeit nicht entbehrte, ließ er seine Aktenhefte sein, stützte seinen linken Arm auf den Tisch, sein Gesicht auf seine Hand und sah den Klienten festen Blickes an.

»Wissen Sie, mein Herr,« unterbrach er den Alten, »daß ich der Anwalt der Gräfin Ferraud bin, der Witwe des Obersten Chabert?«

»Meiner Frau? Gewiß. Denn ich habe gerade Sie aufgesucht, nach tausend nutzlosen Wegen und Gesuchen bei Juristen, die mich für einen Irrsinnigen erklärt haben. Mein Unglück erzähle ich Ihnen im folgenden. Lassen Sie mich vor allem die Tatsachen feststellen, Ihnen klarlegen, wie alles möglich war, was wirklich geschah. Einige Details, die nur unser Vater im Himmel wissen kann, kann ich nur erzählen, wie sie wahrscheinlich vor sich gegangen sind. Offenbar haben meine Wunden zu einem Starrkrampf geführt, und mich so in eine Verfassung gebracht, die man, wie ich glaube, Dämmerzustand nennt. Wie anders könnte ich's sonst erklären, daß man mich, nachdem man mich nach altem Kriegsbrauch vom Kopf bis zum Fuß ausgeplündert, in die Totengrube für die Mannschaft warf? Hier möchte ich mit Ihrer Erlaubnis eine Einzelheit erwähnen, die ich erst nach dem Ereignis erfahren habe, das man füglich meinen Tod nennen kann. Ich habe im Jahre 1814 in Stuttgart einen alten Wachtmeister meines Regimentes getroffen. Dieser liebe Mann, der einzige, der mich wiedererkennen wollte und von dem ich dann gern noch weiteres erzähle, hat mir das Geheimnis meiner Rettung erklärt, dergestalt, daß mein Gaul ein Geschoß in die Flanke erhielt im gleichen Augenblick, da ich selbst fiel. Pferd und Reiter purzelten also wie ein Kartenhaus zusammen. Beim Sturze drehte ich mich nach rechts oder links, jedenfalls legte sich der Leib meines Pferdes über mich, und so schützte er mich vor dem Zertretenwerden und vor neuen Wunden.

Als ich zu mir kam, mein Herr, war ich in einer so fürchterlichen Lage, erstickte in einem so grauenhaften Dunst, daß ich Ihnen keinen Begriff davon geben kann, und hätte ich auch Zeit, bis morgen weiter zu erzählen. Das bißchen Luft war Fäulnisbrodem. Ich wollte mich regen, nirgends war Raum. Öffnete ich die Augen, gab es nur Grabesdunkel ringsum. Die geringe Menge Luft zum Atmen, die ich noch erhaschte, gab mir eine schrecklichste Drohung von Gefahr und blitzschnell Klarheit über meine Lage. Ich sah ein: dort, wo ich jetzt war, erneuerte sich die Atmosphäre nicht, sterben mußte ich. Dieser Gedanke verjagte das Gefühl des körperlichen Schmerzes, durch das ich erwacht war. Meine Ohren beginnen zu dröhnen, ich höre oder glaubte zu hören, wie der Haufen von Kadavern seufzt und stöhnt, wer kann es sagen, und mitten unter ihnen ich. Dunkel ist die Erinnerung an diesen Augenblick, mein Gedenken verworren, tiefer waren die Eindrücke des Leides, das mich erwartete, und sie sind es, die mein Hirn verstört haben, und doch erlebe ich jetzt noch Stunden, da ich nachts erwache und die Leichen unter mir erstickt stöhnen höre. Aber es gibt noch etwas, das fürchterlicher ist als alle Schreie, das ist die Totenstille, die ich sonst in keinem Winkel der Welt gefunden habe, das wahre eisige Schweigen der Gruft. Endlich recke ich meine Hand aus, taste um mich, entdecke einen leeren Raum zwischen meinem Kopfe und dem wirren Haufen Menschenfleisch über mir. Nun kann ich diese Entfernung ausmessen, die man aus mir unbekannten Gründen frei gelassen hatte. Dank der Unbekümmertheit, mit der man uns in aller Eile wie Kraut und Rüben herabgeschaufelt hatte, hatten sich zwei menschliche Körper über mir gekreuzt in der Weise, wie es Kartenblätter tun, aus denen sich ein Kind ein Schloß baut. In aller Hast fahre ich mit meinen Händen um mich und finde zum Glück einen abgehauenen Arm, einen Heraklesarm, eine riesige Gliedmasse, der ich mein Dasein verdanke. Denn ohne diese unerhoffte Hilfe wäre ich zugrunde gegangen. Aber mit einer Wut, die Sie verstehen werden, machte ich mich daran, die Leichname, die sich zwischen uns und der Erdschicht befanden, ich sage uns, als ob's noch einen Lebenden außer mir gegeben hätte, mit möglichster Schnelle fortzuräumen. Ich ging fest darauf los, denn – ich lebe noch, mein Herr. Weiß ich, wie ich's fertigbrachte, die Schicht aus Menschenfleisch zu durchbrechen, die zwischen mir und der Oberwelt lag? Sie werden sagen, drei Arme sind etwas. Und diesem Hebel aus Fleisch und Blut, den ich mit allem Raffinement handhabte, verdankte ich immer etwas Luft, die zwischen den Kadavern angesammelt war. Ich sparte mit jedem. Atemzug. Endlich sehe ich den Tag! Aber überall Schnee. Jetzt erst merkte ich meine offene Wunde. Zum Glück hatte sich mein eigen Blut oder das meiner Kameraden oder die Haut meines armen Pferdes, was weiß ich, durch die Gerinnung in ein natürliches Schutzpflaster verwandelt. Trotz dieses Schutzes fiel ich in Ohnmacht, kaum daß mein Schädel den Schnee berührt hatte. Indessen konnte doch das wenige an Wärme, das ich noch in mir hatte, den Schnee zum Schmelzen bringen rings um mich, und ich fand mich, als ich wieder zu Bewußtsein kam, in der Mitte einer kleinen Erdgrube. Nun schrie ich aus Leibeskräften, solange ich nur konnte. Aber als die Sonne stieg und doch alles schwieg, hatte ich also kaum Aussichten, daß mich einer hörte. Gab es überhaupt Menschen auf dem öden Felde? Ich richtete mich auf, indem ich meine Füße auf den Rücken der Toten unter mir stützte, die kräftige Körper hatten. Sie verstehen, es war nicht der Augenblick, ihnen zu sagen: Achtung dem Mutigen, den Unglücklichen! Kurz, mein lieber Herr, ich mußte zu meinem Schmerz oder besser zu meiner Wut sehen, wie diese gottverdammten Deutschen lange – lange genug, glauben Sie es mir – ausrissen, da sie eine Stimme hörten und keinen Menschen sahen, endlich aber ward ich befreit von einer Frau, sie war so mutig oder so von Neugierde geplagt, daß sie sich meinem Kopfe näherte, der nicht anders wie ein Pilz aus der Erde geschossen war. Die Frau holte sofort ihren Mann herbei, beide trugen mich in ihre arme Hütte. Wie es scheint, hatte ich einen neuen Anfall des Dämmerzustandes, gestatten Sie diesen Ausdruck, um Ihnen einen Zustand zu schildern, von dem ich zwar keine rechte Ahnung habe, der aber nach den Berichten meiner Wirtsleute eine Folge meiner Krankheit gewesen sein muß. Sechs Monate zwischen Leben und Tod. Ich sprach nicht oder redete irre. Endlich brachten mich die Leute ins Hospital zu Heilsberg. Begreifen Sie, mein Herr, aus dem Grabe war ich aufgestiegen, nackt, wie aus dem Mutterleibe.

Und als ich eines schönen Morgens, sechs Monate nachher, mich erinnerte: Ich bin der Oberst Chabert, und ich habe meinen Verstand wieder! und als ich dann von meinem Wärter mehr Respekt forderte, als er einem armen Teufel zubilligen mochte – brachen in diesem Augenblick alle Zimmergenossen in ein tolles Gelächter aus. Zum Glück für mich war der Arzt persönlich für meine Genesung eingestanden und hatte sich, schon aus Eigenliebe, für seinen ›Fall‹ interessiert. Als ich nun in Verfolg meines früheren Daseins zu sprechen begann, da ließ der brave Mann, Sparchmann heißt er, in den Formen des üblichen Landesrechtes feststellen, auf welche wunderbare Weise ich aus der Totengrube gestiegen, wann, Stunde und Tag, mich meine Wohltäter gefunden, ihr Name, ferner Art und genaue Lage meiner Wunden, hierzu verschiedene Protokolle, Verhöre und eine exakte Personalbeschreibung. Nun sehen Sie, lieber Herr, ich besitze weder diese wichtigen Schriftstücke noch die Erklärung, die ich bei dem Notar von Heilsberg abgegeben habe, um meine Identität festzustellen. Denn seit dem Tage, da ich aus dieser Stadt infolge der Ereignisse des Krieges vertrieben ward, bin ich umhergeirrt wie ein Landstreicher, ich bettelte um mein Brot, als ein Irrer wurde ich verlacht, so oft ich meine Abenteuer erzählte, und nie hatte ich die paar Pfennige, um mir die Akten zu verschaffen, die meinen Bericht beglaubigen und mich der menschlichen Gesellschaft zurückgeben konnten. Oft genug kam's vor, daß mich meine Schmerzen ein halbes Jahr in einer Kleinstadt zurückhielten, wo man zwar dem kranken Franzosen Hilfe nicht versagen mochte, aber man sparte deshalb doch nicht mit Spott gegen den, der Oberst Chabert sein wollte. Lange Zeit versetzte mich dieses Lachen, dieser Spott in Wut und Raserei, was mir sehr geschadet hat. Das war der Grund, weshalb man mich in Stuttgart wie einen Tollhäusler hinter Schloß und Riegel gebracht hat. Um die Wahrheit zu gestehen, Sie werden dies nach meiner Erzählung begreifen, wird es immer Gründe gegeben haben, einen Mann wie mich einsperren zu lassen. Zwei Jahre Gefangenschaft mußte ich erdulden, tausendmal und mehr mußte ich von meinem Wärter die Worte hören: ›Ein armer Irrer, er bildet sich ein, er sei der Oberst Chabert!‹ Und man antwortete ihm: ›Ja, sehr arm und mitleidswert.‹

25

So wurde ich überzeugt, daß mein Schicksal nie wirklich sich begeben; ich wurde traurig, still, nannte mich nicht mehr den Obersten Chabert, bloß um aus der Haft zu entkommen, Frankreich wiederzusehen. Oh, Paris! Paris! Welch ein Traum ...«

Er setzte den Satz nicht fort, versank in tiefes Brüten. Derville störte ihn nicht.

»Eines schönen Tages im Frühjahr«, fuhr er fort, »gab man mir den Laufpaß und zehn Taler, indem man vorgab, ich spräche schon sehr vernünftig und nenne mich nicht mehr Oberst Chabert. Ich schwöre es, damals und auch jetzt, manchmal wenigstens, ist mir mein Name verhaßt. Ich will nicht mehr ich sein. Mein Recht tötet mich. Hätte mir meine Krankheit doch alle Erinnerung an einst genommen, ich wäre glücklich gewesen, hätte unter irgendeinem Namen mich zum Dienste im Heer gemeldet und wäre, kann man es wissen, heute Feldmarschall in Rußland oder Österreich.«

»Mein Herr,« sagte der Advokat, »Sie bringen alle meine Gedanken durcheinander. Ich glaube zu träumen. Bitte, halten Sie einen Augenblick inne.«

Traurig antwortet der Oberst: »Sie sind der einzige, der mich je ruhig angehört hat. Kein Rechtsanwalt wollte mir die zehn Goldstücke vorstrecken, um aus Deutschland die Papiere für meinen Prozeß holen zu lassen.«

»Welchen Prozeß?« fragte der Anwalt, der während der Erzählung seines Klienten völlig die jammervolle Situation vergessen hatte, worin sich der Arme befand.

»Aber, mein Herr, ist denn die Gräfin Ferraud nicht meine Frau? Sie besitzt eine Rente von dreißigtausend Franken und gibt mir nicht einen Heller. Und nun, wenn ich dies einem Rechtsanwalt, einem Menschen mit gesundem Menschenverstand sage, wenn ich vorschlage, ich, der Bettler, gegen einen Grafen und eine Gräfin gerichtliche Klage zu erheben, wenn ich, der Tote, mich erhebe, gegen eine Todeserklärung, einen Heiratspakt und gegen Geburtsdokumente, dann setzt man mich vor die Tür, entweder mit eiskalter Höflichkeit, Sie kennen diese Art, sich eines Unglücklichen zu entledigen, oder brutal, wenn man glaubt, ich wäre ein Intrigant oder ein Irrer. Ich war unter Toten begraben, nun bin ich's unter Lebenden, unter Akten, Tatsachen, unter der ganzen Gesellschaft, die nichts anders will, als mich von neuem begraben.«

»Bitte, wollen Sie nun fortfahren«, sagte der Anwalt.

»Wollen Sie!« rief der unselige Alte und riß die Hand des jungen Mannes an sein Herz, »das erste höfliche Wort, das ich höre, seit ...«

Der Oberst weinte. Dankbarkeit erstickte seine Stimme. Es gibt eine unwiderstehliche Beredsamkeit des Blickes und der Gebärde, im Schweigen selbst, die nie lügt. Sie überzeugte den Anwalt und rührte ihn tief.

»Hören Sie, mein Herr,« sagte er seinem Klienten, »heute abend habe ich im Spiel dreihundert Franken gewonnen. Ich kann gut und gern die Hälfte der Summe dem Glück eines Menschen opfern. Ich werde die Untersuchung beginnen, werde vor allem Maßnahmen treffen, Ihnen die nötigen Unterlagen und Akten, von denen Sie eben sprachen, zu verschaffen. Bis die Protokolle ankommen, gebe ich Ihnen fünf Franken täglich. Sind Sie der Oberst Chabert, werden Sie die Geringfügigkeit der Summe entschuldigen bei mir, der sein Vermögen erst noch erwerben will. Fahren Sie fort.«

Der vorgebliche Oberst blieb einen Augenblick lang starr und ohne Regung. Die Schwere seines Unglücks hatte ihm wohl die Kraft zu glauben genommen. Wenn er seinem militärischen Rang, seinem Reichtum, sich selbst nachjagte, so trieb ihn vielleicht nur ein unerklärliches, geheimes Gefühl, dessen tiefsten Keim wohl jedes Menschenherz kennt. Wir verdanken ihm die Untersuchungen und Experimente der Alchimisten, die leidenschaftlichen Wege des Ehrgeizes, die Entdeckungen der Sternkunde, der Physik, alles dessen, was den Menschen treibt, vielfältiger, reicher und größer zu werden: durch Taten oder Geist. In Chaberts Gedanken war das ego eine Sache zweiter Ordnung geworden, nicht anders als der Gewinn und offenbare Vorteil für den Wettenden weniger schwer wiegt als der Spaß am Gewinnen selbst und die befriedigte Eitelkeit, gewonnen zu haben.

Mußten nicht seine Worte wie ein Wunder auf einen Mann wirken, der seit zehn Jahren von seiner Frau, von Recht und Gesetz, ja von der ganzen sozialen Welt ausgeschlossen und zurückgestoßen war? Jetzt sollte er bei einem Anwalt die zehn Goldstücke finden, die man ihm immer wieder seit so langer Zeit verweigert hatte, verweigert von soviel Personen und unter so vielen Vorwänden. Der Oberst glich jener Dame, die zehn Jahre im Fieber gelegen hat und, endlich geheilt, nur ihre Krankheit gewechselt zu haben glaubt. Es gibt ein Glück, so stark, daß man nicht daran glauben kann, der Augenblick der Freude ist da, aber er ist wie ein Blitz, der zerschmettert. Wen wundert es dann, daß die Dankbarkeit dieses Armen so stark war, daß er sie auszudrücken nicht imstande war? Oberflächlichen Menschen hätte er kalt erscheinen müssen, aber Derville ahnte eine Welt von Redlichkeit hinter dieser stumpfen Ruhe. Ein Betrüger wäre beredter gewesen.

»Wo blieb ich gerade stehen?« fragte der Oberst mit der Naivität eines Kindes oder eines Soldaten, denn das Kind erstirbt nie im wahren Soldaten, und immer gibt es Soldatisches in der Seele des Kindes, vor allem in Frankreich.

»In Stuttgart. Sie verließen das Gefängnis«, antwortete der Anwalt.

»Sie kennen meine Frau?« fragte der Oberst.

»Ja«, sagte Derville und neigte seinen Kopf.

»Wie sieht sie aus?«

»Immer zum Entzücken.«

Der Alte machte eine Geste, er schien einen geheimen Kummer in sich zu begraben, ernst und feierlich in seinem Verzicht, ein Mann, im Blut und Feuer der Schlachtfelder erprobt und bewährt.

»Mein lieber Herr«, begann der Oberst mit einem Anflug von Heiterkeit, denn er atmete auf, der arme Oberst, er verließ zum zweitenmal das Grab, er hatte eben eine weniger leicht lösbare Schneedecke zum Schmelzen gebracht als es die war, die damals seinen Kopf in Frost gepanzert hatte, er weitete die Brust, als verließe er einen dumpfen Kerker. »Mein Herr,« sagte er, »wäre ich ein niedlicher, hübscher Junge, keiner meiner Schicksalsschläge hätte mich getroffen. Die Frauen glauben nur denen, die alle Worte mit süßen Phrasen spicken. Dann laufen sie, fliegen sie, reißen sich in Stücke, keine Intrige ist ihnen zu verwickelt, keine Tatsache zu unwahrscheinlich, sie sind der reine Teufel, wenn es um den Mann ihres Herzens geht. Wie hätte ich jetzt eine Frau fesseln können? Ich hatte ein Totenkopfgesicht, gekleidet war ich wie ein Sanskülott, ich halte wohl mehr Ähnlichkeit mit einem Eskimo als mit einem Franzosen, trotzdem ich einst in Jugendtagen der niedlichste, hübscheste aller nach Muskat und Parfüm duftenden Männer gewesen war, ich, Chabert, geadelt unter meinem Kaiser! Kurzum, gerade an dem Tage, da man mich wie einen alten Köter auf die Straße warf, begegne ich dem Wachtmeister, von dem ich Ihnen schon erzählt habe. Der Kamerad hieß Boutin. Der arme Kerl und ich bildeten das schönste Paar Schandmähren, das ich jemals gesehen. Ich traf ihn auf der Promenade. Ich erkannte ihn, ihm war's unmöglich, zu erkennen, wer ich war. Wir gehen zusammen in die Schenke. Nun, als ich ihm meinen Namen nenne, geht Boutins Mund vor Lachen auseinander wie ein Mörser, der krepiert. Dieses Lachen hat mir bitter weh getan. Es zeigte mir erbarmungslos, was aus mir geworden war. Man konnte mich also nicht wiedererkennen, selbst das Auge meines treuesten, ergebensten, dankbarsten Freundes konnte es nicht. Ich hatte einst Boutin das Leben gerettet, aber dies war nur eine abgetragene Dankesschuld. Ich will Ihnen die Sache erzählen. Die Szene fand statt in Ravenna, Italien. Der Ort, wo mich Boutin vor einem Dolchstoß rettete, war gerade nicht ein adeliger Salon. Zu dieser Zeit war ich nicht Oberst, sondern einfacher Kavallerist wie Boutin. Zum Glück hingen mit dieser Affäre Details zusammen, die nur uns beiden bekannt sein konnten. Ich erzähle sie ihm und sein Glaube wächst. Und dann kommt die sonderbare Erzählung meiner seltsamen Abenteuer. Wohl waren, wie er sagte, meine Augen, meine Stimme ganz verändert, ich hatte weder Haare, noch Brauen, noch Zähne, ich war weiß wie ein Albino, und doch mußte er schließlich den Obersten im Bettler wiedererkennen, nach tausend Kreuz- und Querfragen, die ich siegreich ohne Schwanken beantwortete. Nun berichtete er mir seine Schicksalsfahrten, sie waren nicht minder seltsam als die meinen.

Er kam von den Grenzen Chinas, dort hatte er durchbrechen wollen, als er aus Sibirien entkommen. Von ihm hörte ich den unseligen Feldzug nach Rußland und die erste Abdankung Napoleons. Ich habe nie einen bitterern Schmerz empfunden, als bei dieser Nachricht. Was waren wir mehr als zwei merkwürdige Ruinen, nachdem wir über den Erdball hingerollt, wie im Ozean Kiesel von einem Ende des Weltmeeres zum andern hinrollen. Wir beide hatten gesehen: Ägypten, Syrien, Spanien, das russische Reich, Holland, Deutschland, Italien, Dalmatien, England, China, die Tartarei und Sibirien. Es fehlte uns nur noch Indien und Amerika. Und endlich hier! Kurz und gut, Boutin, der besser auf den Beinen war, nahm es auf sich, voraus nach Paris zu reisen und so schnell als möglich meine Frau von meinem Zustand zu verständigen. Ich schrieb also an Frau Chabert einen Brief mit allen Einzelheiten. Es war der vierte, hören Sie wohl! Hätte ich Eltern gehabt, mir wäre all dies nicht zugestoßen. Aber ich bin ein Findelkind, ich gestehe es Ihnen frei, mein Erbe war meine Courage, meine Familie ist die ganze Welt, mein Vaterland Frankreich, mein Schutz und Schirm unser Vater im Himmel. Aber nein: ich hatte einen Vater: unsern Kaiser. Wenn er doch noch lebte, der liebe, gute, wenn er »seinen« Chabert sehen könnte (so nannte er mich), wenn er mich in meiner Lage sähe, sein Zorn wäre fürchterlich. Aber unsre Sonne ist erloschen, wer hat jetzt nicht Frost? Immerhin, die politischen Umwälzungen hätten wohl auch das Schweigen meiner Frau erklären können. Boutin reist also ab. Er war glücklich und konnte es sein, denn er besaß zwei wundervoll dressierte weiße Bären, von denen konnte er leben. Ich konnte ihn nicht begleiten. Meine Schmerzen erlaubten mir längere Reisen nicht. Als wir schieden, weinte ich. Ich begleitete ihn, solange es mir meine Krankheit gestattete, mit ihm und seinen Bären Schritt zu halten. In Karlsruhe bekam ich einen Anfall von Nervenschmerzen im Kopfe, sechs Wochen lag ich auf dem Stroh einer Herberge. Ich würde kein Ende finden, wollte ich Ihnen alles Ungemach meines Bettlerlebens erzählen. Die seelischen Leiden, gegen welche die physischen verblassen, fordern indessen weniger das Mitleid heraus, nur: man sieht sie nicht. Ich erinnere mich, vor dem Portal eines Gasthofs in Straßburg geweint zu haben, wo ich früher einmal ein Fest gegeben, nun erhielt ich nichts, nicht einmal ein Stück Brot. Ich hatte die Reiseroute, die ich einschlagen sollte, mit Boutin verabredet. Ich fragte in jedem Postbüro nach Briefen und Geld für mich. Ich kam bis nach Paris. Gefunden habe ich weder Brief, noch auch Geld. Kann ein Mensch mehr Verbitterung in sich hineinwürgen? – ›Boutin wird nicht mehr am Leben sein‹, sagte ich mir. Und tatsächlich war der Arme bei Waterloo gefallen. Ich vernahm die Kunde von seinem Tode erst später und durch Zufall. Zweifelsohne waren seine Bemühungen bei meiner Frau ergebnislos. Ich kam nach Paris am gleichen Tag wie die Kosaken. Für mich war's Kummer auf Kummer. Wenn ich Russen in Paris sah, hatte ich vergessen, daß ich keine Schuh an den Füßen, keinen Deut in der Tasche hatte. Gewiß, mein Herr, meine Kleider hingen in Fetzen an mir herab. Die Nacht vor meiner Ankunft brachte ich im Walde von Claye zu. Die Nachtkälte verursachte eine Krankheit, weiß ich, welche?, deren erster Anfall mich ergriff, als ich den Faubourg Saint-Martin überquerte. Vor der Schwelle eines Eisenhändlers fiel ich ohnmächtig zusammen. Als ich erwachte, befand ich mich in einem Bett des Hospitals. Einen Monat blieb ich da, glücklich genug. Bald ward ich entlassen. Zwar ohne Geld, aber in guter Gesundheit und auf dem feinen Pflaster von Paris. Voller Freude eilte ich sofort in die Rue du Montblanc, wo meine Frau in meinem Palais wohnen mußte. Aber die Rue du Montblanc hieß nun Rue de la Chaussée-d'Antin. Ich sah mein Palais nicht mehr. Es war verkauft, demoliert. Häuserspekulanten hatten in meinem Garten mehrere Neubauten errichtet. Ich wußte nicht, daß meine Frau sich mit dem Grafen Ferraud vermählt hatte, niemand konnte mir Auskunft geben. Schließlich begab ich mich zu einem alten Rechtsanwalt, der früher meine Angelegenheiten verwaltet hatte. Der Ehrenmann war tot und seine Geschäfte hatte ein junger Advokat übernommen. Dieser teilte mir zu meinem Erstaunen mit, daß über meine Hinterlassenschaft das Erbteilungsverfahren eingeleitet war, es war liquidiert, meine Frau war verheiratet und hatte zwei Kinder zur Welt gebracht. Als ich sagte, ich sei der Oberst Chabert, lachte er mir so unverschämt ins Gesicht, daß ich ihn ohne ein Wort der Entgegnung verließ. Mein Stuttgarter Gefängnis ließ mich an das Pariser Irrenhaus denken, ich wollte vorsichtig zu Werke gehen. Nun aber wußte ich doch wenigstens, wo meine Frau wohnte und ging zu ihr, Hoffnung im Herzen. Nun wohl,« sagte der Oberst und seine ganze angesammelte Wut entlud sich in einer Gebärde von erschütternder Wucht, »man empfing mich nicht, wenn ich einen falschen Namen gebrauchte; nannte ich aber den meinen, setzte man mich vor die Tür.

Ich wollte die Gräfin sehen, wenn sie aus dem Theater, von einem Ball zurückkam; frühmorgens erwartete ich sie stundenlang, ganze Nächte blieb ich wie angewachsen vor der Einfahrt. Mein Blick drang tief ins Innere des Wagens, der blitzschnell vorbeirollte, und so sah ich meine Frau, die mein war und nicht mehr ist. Von diesem Tage an lebte nur der Gedanke an Rache in mir.« Der Alte schrie mit rauher, erstickter Stimme, er richtete sich vor Derville hoch auf. »Sie weiß, daß ich lebe, sie hat, seit meiner Rückkunft, drei Briefe von mir erhalten, alle handschriftlich. Sie liebt mich nicht mehr. Ich aber weiß nicht, liebe ich sie, hasse ich sie? Ich ersehne sie, ich verfluche sie. Ihr Glück verdankt sie mir allein, ihr Vermögen, alles. Sie hat nicht den Finger für mich gerührt. Manchmal . . . was soll nur werden?«

Bei diesen Worten sank der alte Soldat auf den Stuhl, unbeweglich lehnte er da. Derville schwieg. Er sah seinen Klienten an.

»Die Sache ist nicht einfach,« sagte er endlich mechanisch, »selbst wenn die Aktenstücke, die wir aus Heilsberg erwarten, echt sind, auch dann weiß ich nicht sicher, ob wir sofort durchdringen. Der Prozeß geht Zug um Zug durch drei Instanzen. Man muß mit ganz klarem Kopf die Sache durchdenken, denn sie hat ihresgleichen nicht.«

»Oh«, sagte der Oberst und hob mutig sein Haupt, »wenn ich unterliege, werde ich zu sterben wissen, aber nicht allein.«

Jetzt war alles Greisenhafte verschwunden. Die Augen eines Tatmenschen blitzten im Gefühl der Begierde und der Rache zugleich.

»Man wird vielleicht einen Vergleich anstreben müssen«, sagte der Anwalt.

»Vergleich?« wiederholte der Oberst Chabert. »Bin ich am Leben, bin ich tot?«

»Mein Herr,« begann der Advokat, »ich will hoffen, daß Sie sich meinem Rat nicht verschließen werden. Ihre Sache ist meine Sache. Sie werden bald erfahren, welchen Anteil ich an Ihrer Angelegenheit nehme, die in den Annalen der Justiz ohne Präjudiz dasteht.

Aber bis dahin will ich Ihnen eine Zeile an meinen Notar mitgeben, der Ihnen gegen Quittung alle zehn Tage fünfzig Franken übermitteln wird. Es wäre nicht recht schicklich, wenn Sie sich hier bei mir in diesem Hause Hilfe sollten suchen gehen. Denn, wenn Sie der Oberst Chabert sind, darf es nicht so aussehen, als ob Sie sich von irgendeines Menschen Gnade erhielten. Ich strecke Ihnen diese Summe auch nur vor. Sie haben ein Vermögen wiederzugewinnen. Sie sind reich.«

Dieser Ausspruch, so zart gefühlt, machte den Alten weinen. Derville erhob sich schroff, denn es darf sich ein Anwalt nicht rühren lassen. Er ging in sein Kabinett, kam mit einem offenen Brief zurück. Als der arme Mann den Brief in Händen hielt, merkte er, daß zwei Goldstücke in der Hülle waren.

»Bezeichnen Sie mir, bitte, genau die Akten, geben Sie mir den Namen der Stadt und der Provinz«, sagte der Anwalt.

Der Oberst diktierte alles und korrigierte die Orthographie der Ortschaft. Dann nahm er seinen Hut in eine Hand, bot die andere, seine schwielige Rechte, dem Anwalt und sagte einfach:»Nach dem Kaiser sind Sie der Mensch, dem ich am meisten verdanke. Sie sind ein Mann von Ehre.«

Der Anwalt legte seine Hand in die des Obersten, führte ihn auf die Treppe, leuchtete ihm herab und verabschiedete sich von ihm.

»Boucard,« sagte Derville zu seinem Bureauvorstand,»ich habe da eine Geschichte gehört, die mich vielleicht fünfundzwanzig Goldstücke kosten wird. Komme ich um das Geld, es soll mich nicht gereuen. Denn ich habe dann den genialsten Komödianten unserer Zeit gesehen.«

Als der Oberst auf der Straße stand, und im Lichte einer Laterne die zwei Louisdors aus der Tasche zog, betrachtete er sie einen Augenblick lang. Zum ersten Male seit zehn Jahren sah er Gold.

»Jetzt werde ich Zigarren rauchen können«, dachte er.

Ungefähr drei Monate nach dieser nächtlichen Besprechung kam der Notar, der dem Oberst seine Rente regelmäßig ausgezahlt hatte, zu Derville, um eine wichtige Angelegenheit mit ihm zu besprechen und begann damit, die sechshundert Franken zurückzufordern, die er dem alten Militär vorgestreckt hatte.

»Du leistest dir also das Vergnügen, die alte Armee auszuhalten«, sagte lachend der Notar, ein junger Mensch namens Crottat, der früher Bureauvorstand gewesen war und vor kurzem seine Kanzlei erworben hatte, nachdem sein ehemaliger Chef nach einem riesigen Bankrott flüchtig geworden war.

»Dank dir, mein Lieber, daß du mich an diese Affäre erinnerst. Meine Menschenliebe wird nicht über sechshundert Franken hinausgehen. Ich fürchte, ich war das Opfer meines Patriotismus.«

In diesem Augenblick sah Derville auf dem Tische die Aktenstöße, die sein Vorstand für ihn vorbereitet hatte. Seine Augen blieben bei eigentümlichen Poststempeln haften, langen, quadratischen, dreieckigen, roten und blauen, welche die Postämter Preußens, Österreichs, Bayerns und Frankreichs nacheinander einem Briefe aufgeklebt.

»Ah,« sagte er lachend, »hier die Lösung des Rätsels. Wir wollen sehen, ob ich der Gefoppte bin.« Er nahm den Brief und öffnete ihn, konnte ihn aber nicht lesen, denn er war deutsch geschrieben.

»Boucard,« rief er, »lassen Sie, bitte, sofort diesen Brief übersetzen und kommen Sie dann gleich wieder.« Dabei öffnete er halb die Tür seines Kabinetts und reichte den Brief seinem Angestellten hinaus.

Der Berliner Notar, an den er sich gewandt, schrieb ihm, die angeforderten Schriftstücke würden ihn einige Tage nach diesem Briefe erreichen. Sie befänden sich völlig in Ordnung und alle Legalisierungsformalitäten wären erfüllt, um überall rechtskräftig zu sein. Außerdem teilte er mit, alle Zeugen der derart beglaubigten Ereignisse existierten in Preußisch-Eylau. Die Frau, die dem Grafen Chabert das Leben gerettet, lebe noch in der Nähe von Heilsberg.

»Es wird ernst«, rief Derville, als ihm Boucard den Inhalt des Briefes mitteilte. »Aber, sag doch, mein Junge,« wandte er sich an den Notar, »ich werde Recherchen brauchen, die in dein Fach schlagen. Hat nicht bei dem alten Gauner Roguin ...«

»Ach, Gauner ... wir sagen lieber Opfer des Berufs«, unterbrach ihn lachend der junge Notar.

»Nun, war's nicht dieses Opfer seines Berufes, das seinem Klienten eine Million unterschlagen und viele Familien an den Bettelstab gebracht hat, war es nicht Roguin, der die Liquidation der Masse Chabert geordnet hat? Fast scheint mir, als hätte ich derlei in unsern Akten Ferraud gesehn.«

»Gewiß,« antwortete Crottat, »ich war derzeit der dritte Schreiber, ich selbst habe diese Liquidation kopiert und genau studiert. Rosa Chapotel, Ehefrau und Witwe nach Hyacint, genannt Chabert, Graf des Kaiserreichs, Inhaber des Großkreuzes der Ehrenlegion. Heirat ohne Ehekontrakt, daher Gütergemeinschaft. Soweit ich mich dessen entsinne, betrugen die Aktiven sechshunderttausend Franken. Vor seiner Heirat hatte der Graf Chabert ein Testament zugunsten der Waisenhäuser gemacht, denen er ein Viertel des Vermögens zusagte, das sich im Augenblick seines Hinscheidens vorfinden würde. Der Staat erbte zu einem andern Viertel. Wir hatten eine Versteigerung, einen Verkauf und die Teilung, so daß die Anwälte gut verdient haben. Bei der Liquidation schenkte das Ungeheuer, das damals Frankreich regierte, der Witwe des Obersten durch ein Dekret den Anteil des Staates.«

»So würde denn heute das persönliche Vermögen des Obersten nicht mehr als dreihunderttausend Franken betragen?«

»Eine einfache, logische Folgerung, mein Alter«, sagte Crottat. »Manchmal zeigt auch ihr Advokaten Spuren eines gesunden Menschenverstandes, obwohl ihr, wie man euch nachsagt, nicht schlechter für als gegen eine und dieselbe Partei plädieren könnt ...«

Der Oberst, dessen Adresse auf der Quittung des Notars vermerkt war, wohnte im Fauborg Saint-Marceau, Rue de Petit-Banquier, bei einem alten Wachtmeister der kaiserlichen Garde, namens Vergniaud, der Viehzüchter geworden war. Derville kam im Wagen hin, aber er war gezwungen, zu Fuß seinen Klienten aufzusuchen, denn sein Kutscher weigerte sich, sich in eine ungepflasterte Straße zu wagen, deren Wagengeleise und Tümpel viel zu tief gingen für die Räder seines Kabrioletts. Der Anwalt sah sich nach allen Seiten um, schließlich fand er in dem Teil der Straße, der nach der Stadt zu liegt, zwischen zerbröckelnden, aus Erdmassen gefügten Mauern zwei aus Bruchsteinen erbaute, baufällige Eckpfeiler und zwischen ihnen eine Durchfahrt, die trotz der Prellböcke von den Einfahrenden stark beschädigt war. Diese Pfeiler trugen einen mit Ziegeln gedeckten Vorbau, und auf der Giebelwand stand in roten Lettern zu lesen: Vergniaud, Viezichter. Rechts von dem Namen sah man ein paar Eier, links eine Kuh, alles in weißer Farbe gemalt. Das Tor war offen und blieb sichtlich während des ganzen Tages so. Im Innern eines geräumigen Hofes erhob sich, dem Eingang gegenüber, ein Haus, wenn man diese Bezeichnung auf ein Bauwerk anwenden darf, wie es in der Umgebung von Paris oft zu sehen ist, ein miserables Ding, mit nichts auf der Welt zu vergleichen, nicht einmal mit den schlechtesten Hütten auf dem Lande, denn es hat von diesen Hütten nur die Erbärmlichkeit, nicht ihre Romantik. Denn draußen in der frischen, reinen Luft haben die Strohhütten noch einen gewissen Zauber, das Grün ringsum, ein Hügel, ein Weg, der sich durch Gelände schlängelt, Rebengewinde, eine lebende Hecke, die moosumgrünten Dächer, Pflug und Egge im Winkel. Aber in Paris ist es nur Elend und Verfall. Das Haus war gewiß nicht alt und doch drohte es in Trümmer zu zerfallen. Kein Baumaterial war zu seinem eigentlichen Zwecke verwandt; alles stammte vom Abbruch; den gibt es ja täglich in Paris. Ein Fensterladen war aus Brettern zusammengefügt, die einst als Schild eines Modewarenladens gedient hatten, und man las noch den alten Namen in aller Deutlichkeit. Kein Fenster glich dem andern, alle waren an unmöglichen Stellen in die Mauern gebrochen. Das Erdgeschoß war scheinbar noch der wohnlichste Teil, aber es war auf einer Seite erhöht, auf der andern schienen die Räume tief unter dem Niveau der Straße zu liegen. Zwischen dem Tore und dem Hause befand sich ein mächtiger Schmutztümpel, Abwaschwasser und

Regenwasser mischten sich in seinem trüben Spiegel. Die Grundmauer, auf der sich das verwahrloste Wohnhaus erhob, und die fester gebaut schien als der Rest, war umgeben von vergitterten Käfigen, wo Kaninchen ihre sprossende Zucht hatten. Rechts vom Torwege fand sich, von der Vorratskammer überragt, ein Kuhstall, der mit dem Wohnhause durch eine Milchkammer in Verbindung stand. Linker Hand war ein Hühnerhof, ein Pferdestall und ein Schweinekoben. Alles war mit elenden weißen Holzschindeln gedeckt, die notdürftig übereinander genagelt waren. Zwischen ihnen sah Binsenwerk hervor. Wie überall, wo das Mahl für den Bauch von Paris vorbereitet wird, zeigten sich auch hier Zeichen der Überhastung, die das Fertigwerden zur bestimmten Stunde erzwingt. Die großen Milchkannen aus Weißblech, in denen man die Milch transportiert, die Töpfe, in denen die Sahne aufbewahrt wird, lagen wie Kraut und Rüben vor der Milchkammer, zwischen ihnen trieben sich die Tücher umher, mit denen man den Verschluß dichter macht. Die Fetzen und Lumpen zur Reinigung flatterten in der Luft, an Stricken mit Heftklammern befestigt. Ein friedliches Roß (eine Rasse, die man nur bei Milchhändlern findet), hatte sich einige Schritte von der Milchkarre entfernt und stand vor dem Stalle, dessen Tür geschlossen war. Eine Ziege knabberte das Laub eines kraftlosen, vergilbten Weinstocks ab, welcher die zerfallende Mauer des Hauses bekleidete. Ein Kätzchen hatte sich neben die Sahntöpfe hingesetzt und naschte.

Als Derville kam, erhoben sich kreischend vor Erschrecken die Hühner in die Lüfte, und der Hofhund begann zu bellen.

»Ist es möglich? Hier kann der Mann leben, der einmal das Schicksal einer Schlacht entschieden hat?« sagte Derville zu sich, indem er mit einem Blick die ganze Erbärmlichkeit des Ortes umfaßte.

Die Wohnung war nur unter dem Schutze von drei halbwüchsigen Jungen geblieben. Der eine war auf einen mit Grünfutter beladenen Karren geklettert und warf von dort Steine in den Rauchfang eines benachbarten Hauses, in der Hoffnung, sie würden in den Suppentopf fallen. Der andere gab sich Mühe, ein Schwein wie über eine Treppe einen Karren heraufzuführen, der an die Erde gesenkt dastand, während der dritte, auf der andern Seite des Wagens hängend, nur darauf lauerte, daß das Schwein endlich oben stünde, um dann mit ihm Wippe zu spielen. Als Derville fragte, ob hier Herr Chabert wohne, mochte keiner antworten, sondern sie glotzten ihn alle blöden Geistes an, wenn man die Worte blöd und Geist verknüpfen darf. Er wurde wütend über das höhnisch foppende Wesen der drei Lausejungen, und konnte es, wie viel Erwachsene es Kindern gegenüber tun, nicht unterlassen, sich in einen Schwall halb wütender, halb gutmütiger Schmähworte zu ergießen, und sofort begannen die Jungen mit einem plumpen Lachen wiehernd zu antworten. Derville wurde böse. Der Oberst hörte dies und kam in Eile aus einer kleinen Stube, die neben der Milchkammer gelegen war; nun trat er auf die Schwelle des niedrigen Zimmers mit seiner ganzen, unerschütterlichen soldatischen Ruhe. Er hatte zwischen den Zähnen eine »fein angerauchte« Pfeife (die Raucher werden mich verstehen), eine gemeine weiße Tonpfeife, die man Nasenwärmer oder Gurgelkratzer nennt. Er hob den Schirm einer unglaublich schmierigen Mütze, erblickte Derville und watete schnell durch die Mistpfütze, denn er wollte möglichst rasch seinen Wohltäter begrüßen. Mit freundlich kameradschaftlichem Ton rief er den Jungen zu: »Habt acht!« Die Kinder schwiegen sofort still und bezeugten so achtungsvoll den Respekt, den ihnen der alte Soldat einexerziert hatte.

»Aber warum haben Sie mir nicht geschrieben?« sagte der Alte zu Derville. »Bitte, gehen Sie den Kuhstall entlang. Nein, hier, da ist der Weg gepflastert«, rief er, da er sah, wie der Anwalt sich angesichts seiner reinen Schuhe und der Mistpfütze nicht recht entscheiden konnte. Der Anwalt sprang von Stein zu Stein und kam endlich zu der Tür, über deren Schwelle der Oberst getreten. Freilich schien Chabert in schrecklicher Verlegenheit, den Anwalt in dem Zimmer zu empfangen, das er bewohnte. Beim besten Willen konnte Derville nur einen einzigen Stuhl in der Stube entdecken. Das Lager des Obersten bestand aus einigen Bündeln Stroh, auf welche die Wirtin zwei oder drei Fetzen ausgebreitet hatte, Reste ehemaliger Teppiche, wie sie die Milchhändler gern zum Austapezieren und Polstern der Sitze in den Karren verwenden. Der Estrich war nichts anderes als gestampfter Lehm. Die Wände waren voll Salpeter, zeigten Sprünge und Risse, und von ihnen ging ein so feuchter Schwaden aus, daß man die Mauer, an der der Oberst schlief, noch mit einer Matte aus Schilf hatte decken müssen. Der berühmte verfilzte militärische Reitrock hing an einem Nagel an der Wand. Zwei schäbige Stiefelpaare lehnten in einem Winkel. Nirgends gewahrte man eine Spur frischer Wäsche. Auf der wurmstichigen Tischplatte lagen die Bulletins de la grande armée, im Neudruck von Plancher. Sie waren in der Mitte aufgeschlagen, schienen die einzige Lektüre des Obersten zu sein. Sein Gesicht strahlte heiter und ruhig mitten im Elend. Sein Besuch bei Derville hatte, so schien es, seine Gesichtszüge verändert, der Anwalt fand sie gemildert, von innerer Leuchtkraft erhellt, wie sie jede Hoffnung verleiht.

»Stört Sie der Rauch meiner Pfeife?« fragte er, und schob dem Anwalt einen Sessel hin, dessen Strohgeflecht halb in Fransen ging.

»Aber, Oberst, wie hausen Sie hier!«
Diese Worte waren Derville durch das Mißtrauen entrissen, das eine Berufskrankheit aller Anwälte ist, wohl auch ein Effekt der furchtbaren Erfahrungen, der grauenhaften Dramen, die sie aus der Nähe sehen müssen und denen sie sich nicht entziehen können. »Sieh mal,« dachte er, »wo ist mein Geld geblieben? Hat er es nicht dazu verwandt, den drei Todsünden des Militärs zu fröhnen, als da sind: Wein, Spiel und Weiberfleisch?«

»Es ist nicht zu leugnen, lieber Herr, durch Luxus zeichnen wir uns hier nicht eben aus. Es ist ein feldmäßiger Unterstand, verschönt durch Freundschaft. Aber...« und hier warf der Oberst dem Rechtsmenschen einen tiefen Blick zu, »keinem habe ich Böses getan, ich habe nie einen Menschen zurückgestoßen, kann ruhig schlafen.«

Der Anwalt dachte, es wäre kein Zeichen von Zartgefühl, den Oberst zu fragen, was er mit dem Gelde begonnen, das er ihm vorgestreckt hatte und sagte bloß: »Warum kamen Sie nicht nach Paris, sie hätten da ebenso billig leben können, hätten es aber um so viel besser gehabt.«

»Aber,« meinte der Oberst, »die guten Leute, bei denen ich jetzt bin, haben mich seinerzeit aufgenommen, haben mich ein Jahr ohne Entgelt verpflegt. Sollte ich sie verlassen, als ich ein wenig zu Gelde kam? Und dann ist der Vater der drei Jungen ein alter Ägypter...«

»Wie, ein Ägypter?«

»Ja, wir nennen die alten Troupiers so, die den Feldzug in Ägypten mitgemacht haben. Ich war auch dabei. Wir alle, die dort waren, sind uns Brüder, und nun gar Vergniaud, der in meinem Regiment gedient hat. Wir haben den letzten Tropfen Wasser in der Wüste geteilt. Und dann habe ich auch den drei Lausejungen das Lesen und Schreiben noch nicht völlig beigebracht.«

»Nun, dann hätte er Sie doch ein wenig besser unterbringen können, für Ihr Geld.«

»Ach was,« sagte der Oberst, »seine Kinder schlafen auf der Streu nicht anders als ich. Seine Frau und er haben auch kein besseres Lager. Es sind arme Leute, so ist es nun einmal. Sie haben eine Sache angefangen und die geht über ihr Vermögen. Aber, wenn ich meine Güter erst wieder einmal habe, alles . . . Na ja, Schluß.«

»Oberst, morgen oder doch bald soll ich Ihre Akten aus Heilsberg bekommen. Ihre Wohltäterin lebt noch.«

»Verdammtes Geld! Daß ich nie genug habe,« rief der Oberst und schleuderte seine Pfeife auf den Boden.

Eine schön angerauchte Pfeife ist etwas wertvolles für einen Raucher. Aber diese Bewegung kam ihm so von Herzen, es lag so viel Noblesse in ihr, daß alle Raucher und selbst die Tabakregie ihm diese Verletzung der heiligen Tabakmajestät verziehen hätten. Engel hätten die Stücken aufheben müssen . . .

»Oberst, Ihre Sache ist verwickelt über alle Maßen«, sagte Derville. Er verließ das Zimmer, um draußen in die Sonne zu gehen.

»Mir erscheint sie das einfachste auf der Welt«, sagte der alte Soldat. »Man hat angenommen, ich sei tot. Aber ich lebe. Ich bin da. Man gebe mir meine Frau zurück, mein Geld. Man gebe mir den Rang eines

Generals, der mir gebührt, denn ich bin am Vorabend der Schlacht bei Eylau in die nächsthöhere Rangklasse gerückt.«

»So einfach gehen die Dinge nicht in der Welt des Rechts vor sich«, sagte Derville. »Hören Sie mich ruhig an. Sie sind der Oberst Chabert, ich bin gern damit einverstanden, aber es handelt sich darum, eben dieses Faktum formell Leuten zu beweisen, die das stärkste Interesse daran haben, Ihre Existenz zu leugnen. Was ist zu tun? Ihre Protokolle werden angestritten werden. Das heißt, die Vorfragen, zehn oder zwölf an der Zahl, müssen vorerst im Feststellungsverfahren beantwortet werden. Alle kommen sie im Berufungswege bis an den obersten Gerichtshof, das heißt, es werden ebensoviel kostspielige Prozesse geführt werden müssen, die sich in die Länge ziehen, ich mag so viel Tempo hereinbringen, als ich nur kann, es geht seinen Weg. Ihre Gegner werden einen Lokalaugenschein und eine Personenprüfung verlangen. Widersetzen können wir uns nicht. Möglicherweise muß man den Lokalaugenschein in Preußen vornehmen. Aber setzen wir die günstigere Eventualität, rechnen wir damit, daß das Gericht ohne weiteres anerkennt, Sie seien der Oberst Chabert. Können wir wissen, wie sich die Justiz zu der in gutem Glauben eingegangenen Doppelehe der Gräfin Ferraud stellt? In Ihrer Sache ist der entscheidende Punkt außerhalb des geschriebenen Rechts. Urteilen läßt sich da nur nach der Stimme des Gewissens und des Gefühls, wie das Geschworenenkollegium urteilt, das in den bizarren Rechtssachen gewisser Strafprozesse sein Votum nach dem Herzen abgibt. Das sind eben Grenzfälle. Sehen Sie, Sie haben keine Kinder aus Ihrer Ehe, das neue Ehepaar hat deren zwei. Es ist möglich, daß das Gericht jenes Eheband als aufgelöst erklärt, bei dem sich die geringeren Bindungen befinden, zugunsten jenes Ehebandes, wo die stärkeren sind, alles unter der Voraussetzung von Treu und Glauben bei allen Beteiligten. Wären Sie wohl in einer guten moralischen Position, wenn Sie, in ihrem Alter und unter den eben bestehenden Voraussetzungen auf Biegen und Brechen Ihren Anspruch auf eine Frau durchfechten wollten, die Sie nicht mehr liebt? Dann stünden auf der Gegenseite Ihre Frau und ihr Mann, zwei einflußreiche Personen, die ihren Einfluß auf den Gerichtshof auch geltend zu machen verstehen. Der Rechtsstreit hat daher Elemente, die schon ihre Schwierigkeiten und Härten haben.

Sie würden alt und grau werden und Kummer und Sorge würden Ihnen nicht erspart bleiben.«

»Und mein Vermögen?«

»Glauben Sie an ein großes Vermögen?«

»Hatte ich nicht dreißigtausend Franken jährliche Rente?«

»Mein lieber Oberst, Sie haben vor Ihrer Vermählung, im Jahre 1799 ein Testament gemacht, das ein Viertel den Waisenhäusern zusprach.«

»Das ist wahr.«

»Nun sehen Sie doch! Man glaubte Sie tot, man mußte ein Inventar aufnehmen, eine Liquidation durchführen, damit die Waisenhäuser zu ihrem Gelde kämen. Mußte. Aber Ihre Frau hat sich keine Gewissensbisse gemacht, die Armen um das Geld zu bringen. Es gibt ein Inventar: Aber dabei hat man zweifelsohne des baren Geldes keine Erwähnung getan, ebensowenig des Schmuckes. Mit minimalen Summen hat man das Silberzeug angesetzt. Die Einrichtung hat man um ein Drittel niedriger bewertet, sei es, um Ihrer Frau einen Gefallen zu tun, sei es, um die Erbschaftssteuer zu erniedrigen, vielleicht auch deshalb, weil die Schätzkommissare persönlich für die Schätzungssumme haften. So hat man schließlich eine Vermögensaufnahme zustande gebracht, die keinen höheren Geldwert als sechshunderttausend Franken repräsentierte. Ihrerseits besaß die Witwe den Anspruch auf die Hälfte. Man hat alles verkauft und sie hat alles unverzüglich auf eigene Rechnung zurückgekauft, sie hat den Rahm von allem abgeschöpft. Den Waisenhäusern verblieben nur fünfundsiebizgtausend Franken. Nun erbte außerdem, wohlgemerkt, da Sie Ihrer Frau in dem Testament keine Erwähnung tun, der Staat einen Teil und auf diesen Teil, der dem Fiskus zukommt, hat der Kaiser durch ein Dekret zugunsten Ihrer Witwe verzichtet. Wie hoch beliefe sich nun Ihr Anspruch? Nur auf dreißigtausend Franken. Und davon sind die Unkosten abzuziehen.«

»Und das heißt bei Euch Gerechtigkeit?« sagte der Oberst ganz entgeistert.

»Aber, sicherlich . . . freilich . . .«

»Nun, eine nette Sache!«

»Sie ist wie sie ist, mein armer Oberst. Sie sehen, so leicht, wie Sie sichs dachten, ist die Angelegenheit nicht. Frau Gräfin kann sogar den Teil behalten, der ihr aus der Hand des Kaisers zugekommen ist.«

»Aber sie ist keine Witwe. Das Dekret ist ungültig . . .«

»Zugegeben. Aber streiten und Prozesse führen kann man um alles. Hören Sie mich an, bitte! Wie die Dinge heute liegen, wäre ein Vergleich, sowohl für Sie wie für die Gräfin, die weitaus beste Lösung. Sie würden eine Summe gewinnen können, die Ihren gesetzlichen Anspruch weit übertrifft.«

»Ich soll also meine Frau verkaufen?«

»Wenn Sie erst achtzigtausend Franken Rente besitzen, finden Sie in Ihrer Lage tausend Frauen, die besser zu Ihnen passen und die Sie vor allem tausendmal glücklicher machen würden. Ich habe vor, noch heute die Gräfin aufzusuchen, ich will das Terrain sondieren. Aber ich wollte erst Sie verständigen, bevor ich den Schritt unternehme.«

»Wir wollen beide hin zu ihr . . .«

»Jetzt? Wie Sie gehen und stehen? Nein, liebster Herr Oberst, nein und nochmals nein. Sie könnten mit einem Schlage Ihren Prozeß verlieren . . .«

»Kann ich ihn gewinnen?«

»In allen Stücken«, antwortete Derville. »Aber mein teurer Oberst Chabert, Sie vergessen eines: Ich bin nicht reich, meine Praxis ist nicht vollständig abgelöst.

Sollen nun die Gerichte Ihnen eine vorläufige Zahlung zugestehen, das heißt einen Vorschuß auf Ihr künftiges Vermögen, so kann das erst dann sein, wenn die Behörden sagen: Ja, Sie sind der Oberst Chabert und Großritter der Légion d'honneur.«

»Ach ja, ich bin Großritter der Legion, ich dachte nicht mehr daran«, sagte der Oberst naiv.

»Aber bis dahin? Muß man nicht«, sagte Derville, »Prozeß führen, das heißt, Anwälte bezahlen, Erkenntnisse anfordern und bezahlen, Gerichtsvollzieher in Bewegung setzen, zahlen und dann doch auch selbst leben? Die Kosten des vorläufigen Instanzenwegs beliefen sich, von heute auf morgen, auf zwölf- bis dreizehntausend Franken. Ich habe sie nicht. Ich habe genug zu keuchen unter der Last der Zinsen, die ich dem Mann schuldig bin, der mir das Geld für meine Praxis geliehen hat. Und das sind enorme Beträge. Und Sie, haben Sie diese Summe?«

Große Tränen rannen aus den verwitterten Augen des armen Soldaten und glitten über seine faltigen Wangen hinab. Angesichts solcher Schwierigkeiten verlor er allen Mut. Wie ein böser Alb lastete das Gespenst dieser Welt, dieser Gesellschaft und dieser Gerichte auf ihm.

»So will ich,« schrie er, »will zum Sockel der Vendômesäule hintreten, dort laut rufen: Ich bin's, der Oberst Chabert, der das große Karré der Russen bei Eylau gesprengt hat. Die Gestalt aus Erz, sie wird mich wiedererkennen.«

»Und ohne Zweifel wird man Sie ins Irrenhaus stecken.«

Bei dieser gefürchteten Anspielung sank der Mut des Offiziers.
»Und nicht die geringste günstige Möglichkeit im Kriegsministerium?«

»Ach, die Bureaus,« sagte Derville, »sprechen Sie dort vor, aber nicht ohne ein rechtsgültiges Protokoll, das Ihre Todeserklärung für null und nichtig erklärt. Die Bureaus wollten am liebsten alle Leute des Kaiserreichs unter die Erde bringen.«

Starr, unbeweglich, seelenlosen Blicks, in grenzenlose Verzweiflung versunken, so stand der Oberst da. Das Militärrecht, kurz und bündig, entscheidet mit ja und nein, schuldig oder unschuldig und es entscheidet fast immer richtig. Es war das einzige Recht, das Chabert kannte. Jetzt sah er den Schlangenknoten von Schwierigkeiten, der zu entwirren war, nun begriff er, wieviel Geld man brauchte, um ihrer Herr zu werden, und nun erhielt der arme Soldat eine tödliche Wunde dort, wo die Männlichkeit des Mannes sitzt, im Willen. Es schien ihm unmöglich, ewig in Prozessen zu leben, tausendmal einfacher war es für ihn, arm zu bleiben, sich als einfacher Kavallerist in einem Regiment einstellen zu lassen, wenn man ihn annehmen wollte. Seine seelischen und körperlichen Leiden hatten seinen Organismus in den lebenswichtigsten Teilen und Organen lange schon zermürbt. Er streifte eine Krankheit, für die die Medizin noch keinen Namen hat, deren Sitz wie der Nervenapparat wandert und wechselt, ein Leiden, das man Seelenlähmung des Unglücks nennen könnte. Dieses Leiden war schwer, aber noch war's unsichtbar, noch konnte es ein glücklicher Augenblick heilen. Er war wie aus Eisen. Sollte sein Organismus ganz zugrunde gerichtet werden, bedurfte es nur eines neuen Hindernisses. Das mußte die geschwächten Kräfte vollends zerstören, das Herz mußte zum Stocken, zum Zittern und Flattern gebracht werden. Er war nicht der erste, der durch Kummer getötet wurde.

Dem Anwalt konnten die Zeichen tiefster Bedrückung nicht entgehen.

»Mut, Mut,« sagte er, »schließlich muß sich alles zum Guten wenden. Nur eins bedenken Sie. Können Sie sich mir ganz anvertrauen, ganz? Können Sie blind das Resultat annehmen, das ich selbst für das beste halte?«

»Tun Sie, was Sie wollen!«

»Ja, aber Sie geben sich in meinen Willen, wie ein Mensch, der in den Tod geht.«

»Muß ich denn nicht auf Stand, Namen verzichten? Erträgt das ein Mensch?«

45

»Ich sehe es nicht so«, sagte der Anwalt. »Wir wollen in aller Güte einen Vergleich anstreben, um Ihre Todeserklärung und Ihren Heiratskontrakt beide ungültig zu erklären, damit Sie zu Ihrem Recht kommen. Sie werden selbst, dank dem Einfluß des Grafen Ferraud, in den Listen der Armee zum General avancieren und zweifellos eine Pension erhalten.«

»Dann nur zu!« sagte Chabert. »Sie haben mein Vertrauen ganz.«

»Ich sende Ihnen also eine Vollmacht zur Unterschrift«, sagte Derville. »Leben Sie wohl. Mut, nur Mut! Wenn Sie Geld brauchen, wenden Sie sich an mich!«

Chabert ergriff warm die Hand des Anwalts, dann blieb er stehen, den Rücken an die Mauer gelehnt, er hatte nicht mehr die Kraft, ihm anders als mit dem Auge zu folgen.

Wie alle Leute, die das Gerichtsverfahren nicht kennen, war er vor dem drohenden Kampfe erschrocken. Nun war während dieser Unterredung zu wiederholten Malen hinter dem Eckpfeiler der Toreinfahrt die Gestalt eines Mannes sichtbar geworden, der auf der Straße stand, um den Schluß der Unterredung abzupassen, und die sich sofort an Derville heranmachte, als er ging. Es war ein alter Mann in blauem Kittel, einer weißen bauschigen Leinenhose, wie sie die Brauergesellen tragen. Auf dem Kopf trug er eine Mütze aus Otterfell. Sein Gesicht war braun, voller Falten und Runzeln, aber es zeigte eine gesunde Röte auf den Backen, Zeichen schwerer Arbeit und Ergebnis der Einwirkung der frischen Luft.

»Verzeihung, mein Herr,« sagte er zu Derville und hielt ihn am Arme fest, »ich möchte mir die Freiheit nehmen, Sie um ein Wort zu bitten. Denn als ich Sie mit unserem General sprechen sah, habe ich mir gedacht, vielleicht sind Sie sein Freund.«

»So, so?« sagte Derville, »weshalb interessiert Sie das? Und wer sind Sie?« setzte er mißtrauisch hinzu.

»Ich? Louis Vergniaud«, antwortete der andere sofort. »Ich habe Ihnen nur zwei Worte zu sagen.«

»Nun, dann sind Sie auch derjenige, der den Grafen Chabert so famos untergebracht hat, wie ich ihn angetroffen habe?«

»Verzeihen Sie, entschuldigen Sie, mein werter Herr, er hat doch das schönste Zimmer. Ich hätte ihm ja meine Stube gegeben, aber ich habe nur die eine. Ich hätte dann im Stall geschlafen. Ein Mann, der so viel gelitten hat, wie er, und der meine Würmer lesen lehrt, ein General, ein Ägypter, der erste Leutnant, unter dem ich gedient habe ... Das muß man sehen, so was sieht man nicht noch einmal! Mit einem Wort, besser hätte ich ihn gar nicht unterbringen können. Ich habe mit ihm alles geteilt. Viel ist es ja nicht. Brot, Milch, Eier. Aber im Kriege ist es wie im Kriege. Alles aus gutem Herzen. Aber er hat uns drangekriegt!«

»Er?«

»Kein anderer. Drangekriegt, das ist das rechte Wort. Ich habe mich in eine Sache eingelassen, die über meine Kraft ging. Er sah es wohl. Das war ihm zuwider und er machte sich daran, meinen Gaul zu striegeln. Ich zu ihm: ›Was fällt dir ein, General?‹ ›Ach was,‹ sagt er, ›das Müßiggehen tut mir weh, und die Kunst des Pferdestriegelns habe ich mit der Muttermilch eingesogen.‹ Nun habe ich Wechsel im Höchstwerte meiner Milchwirtschaft einem gewissen Grados in Zahlung gegeben ... Sie kennen ihn, mein Herr ...«

»Aber, lieber Freund, ich habe keine Zeit für Ihre Erzählungen. Sagen Sie mir nur das eine, wie der Oberst Sie drangekriegt hat.«

»Hat er auch, mein werter Herr, so wahr ich Louis Vergniaud heiße und meine Frau dieserhalb geweint hat. Er wußte nun durch Nachbarn, daß wir nicht das Geld hatten, den ersten Wechsel einzulösen. Da geht der alte Bärenhäuter hin, packt alles zusammen, was Sie ihm gegeben haben, und bezahlt den Wechsel. Ist das nicht tückisch? Und dabei wissen meine Frau und ich, der arme Kerl hat keinen Tabak, den er doch so liebt.

Aber jetzt, jetzt hat er Tag für Tag seine Zigarren und sollte ich mich in Stücke schneiden lassen, er soll sie künftig haben. Nein, er hat uns drangekriegt. Nun sehen Sie, ich wollte Sie bitten, denn wir wissen durch ihn, Sie sind ein Ehrenmann, Sie möchten uns so einhundert Taler leihen auf unser Geschäft, um ihm einen Anzug machen zu lassen und sein Zimmer einzurichten. Er wollte uns aus den Schulden freimachen, aber er hat uns nur tiefer in die Tunke hereingeritten . . . und drangekriegt.

Und das unter Freunden! Er hätte uns diesen Schimpf nicht antun dürfen. Auf meine Ehre, so wahr ich Louis Vergniaud heiße, lieber wollte ich meinen Leichnam verpfänden, als Ihnen diese Summe schuldig bleiben . . .«

Derville sah den Viehzüchter an und machte ein paar Schritte zurück, um das Haus, den Hof, die Mistpfützen, die Ställe, Kaninchen und Kinder noch einmal anzusehen.

Meiner Treu, dachte er, ich glaube, es gehört unzertrennlich zur Tugend, daß man nicht der besitzenden Klasse angehört.»Du sollst deine hundert Taler haben und mehr. Aber nicht ich werde sie dir geben, sondern der Oberst wird reich genug sein, um dir zu helfen, und dieses Vergnügen will ich ihm nicht nehmen.«

»Wann wird das sein? Bald?«

»Sicherlich!«

»Da dran wird meine Frau tausend Freude haben.« Und das gegerbte Gesicht des Viehzüchters wurde nochmal so schön.

Nun, sagte Derville zu sich, als er in sein Kabriolett stieg, vorwärts zu unserm Gegner. Wir wollen alles aufbieten, daß wir seine Karten sehen, er aber unsere nicht. Vielleicht ist die Partie mit einem Zuge zu gewinnen. Man müßte die Gräfin durch Schreck überrumpeln. Sie ist eine Frau. Wovor erschrecken Frauen? Aber Frauen erschrecken nur, wenn . . .

Er begann, sich in die Situation der Gräfin hineinzudenken, er versank in eine innere Betrachtung, wie sie die großen Politiker anstellen, die ihre Pläne kühn entwerfen und das Geheimnis der feindlichen Kabinette zu ertasten suchen.

Sind denn nicht auch Anwälte Politiker, nur daß sie nicht Staats-, sondern Privatgeschäfte leiten? Ein Blick auf die Lage des Grafen Ferraud und seiner Gattin ist hier nötig, um das Genie des Anwalts würdigen zu können.

Der Graf Ferraud war der Sohn eines alten Rates am Pariser Parlamente, der während der Schreckensherrschaft emigriert war. So rettete er sein Leben und verlor sein Vermögen. Unter dem Konsulate kehrte er zurück. Treu ergeben blieb er den Interessen Ludwigs XVIII., in dessen näherer Umgebung sein Vater vor der Revolution gelebt hatte. Er gehörte also zu den hohen Adelskreisen des Faubourg Saint-Germain, die nobel allen Verführungskünsten Napoleons widerstanden. Man sprach viel von den Fähigkeiten des jungen Grafen (damals nannte er sich einfach Ferraud), so kam es, daß der Kaiser sein besonderes Augenmerk auf ihn wandte, denn der Kaiser konnte oft ebenso glücklich sein darüber, daß er ein Mitglied des alten Adels für sich gewonnen, wie daß er in einer Schlacht gesiegt hatte. Man versprach dem Grafen, er solle seinen Titel wiedererhalten, ebenso seine Güter, soweit sie nicht verkauft waren, man zeigte ihm in der Ferne einen Ministerstuhl, einen Senatorensitz. Der Kaiser scheiterte. Der Graf war zur Zeit des »Todes« Chaberts ein Mann von sechsundzwanzig Jahren, zwar ohne Vermögen, aber mit vollendeten Umgangsformen. Er hatte Erfolge, die sich der Faubourg Saint-Germain wie seine eigenen anrechnete, auf die er stolz war und mit Recht. Aber die Gräfin Chabert wußte aus der Hinterlassenschaft ihres Mannes so immense Vorteile zu ziehen, daß sie achtzehn Monate später ungefähr vierzigtausend Franken Rente besaß. Ihre Verheiratung mit dem jungen Grafen überraschte im Faubourg Saint-Germain keinen Menschen. Napoleon war glücklich darüber, daß in dieser Heirat sich zwei verschiedene Kreise nach seinem Wunsche vereinten, deshalb überließ er der Gräfin den Anteil der Hinterlassenschaft, der dem Fiskus gehörte. Aber Napoleons Hoffnung ward noch einmal getäuscht.

Es war für die Gräfin nicht allein eine Herzensheirat; sondern vor allem war sie geblendet durch den Gedanken, in diese exklusive Gesellschaft einzutreten, welche trotz ihrer Demütigung auch jetzt den kaiserlichen Hof beherrschte. Ihre Ehe bot ihr ebensoviel erfüllte Wünsche im Bereich der Leidenschaft wie der Eitelkeit. Sie sollte eine Dame der großen Welt werden. Als der Faubourg Saint-Germain die Gewißheit hatte, daß die Ehe des jungen Grafen keine Absage an die alten Ideale bedeute, öffneten sich die Salons für seine Frau. Es kam die Restauration. Die politische Laufbahn des Grafen war nicht eben blendend. Er verstand wohl die Forderungen Ludwigs XVIII., die Schwierigkeiten seiner Lage, er gehörte zu dem kleinen Kreis derer, die darauf warteten, »daß der Abgrund der Revolution sich endgültig schließe«, denn in der Phrase des königlichen Sendschreibens, die so sehr von den Liberalen bespöttelt wurde, barg sich ein politischer Sinn deutlich genug für die Eingeweihten. Immerhin, die Ordonnanz, die in der langen Phrase bei Beginn dieser Erzählung zitiert wird, eben diese Enunziation hatte für ihn die Rückgabe zweier Forste und eines Landgutes zur Folge, deren Wert während der Zwangsverwaltung sehr gestiegen war. Obwohl der Graf nun Staatsrat und Generaldirektor war, betrachtete er seine amtliche Stellung erst als den Beginn seiner Laufbahn. Denn in ihm lebte der Geist eines unersättlichen Ehrgeizes, und so hatte er sich als Sekretär einen alten, ruinierten Anwalt zur Seite gesetzt, einen Mann namens Delbecq, der mehr als nur gerissen war, der alle Schleichwege der Schikane und Rechtsverdrehung kannte, und diesem Menschen überließ er die Verwaltung seines Besitzes ganz. Der abgefeimte Praktiker hatte seine Stellung bei dem Grafen richtig erfaßt, und aus diesem Grunde war er ehrlich, aus reiner Berechnung. Denn er konnte hoffen, dank der Fürsprache des Grafen, für dessen Vermögen er sich nun mit letzter Kraft einsetzte, wieder zu einem Amte zu gelangen. Sein jetziges Benehmen strafte seine frühere Aufführung derart Lügen, daß man glaubte, er sei nur verleumdet worden. Mit dem Takt und dem Feingefühl, die mehr oder weniger allen Frauen eigen sind, überwachte die Komtesse, die dem Intendanten ihres Mannes bis in die Nieren sah, alle seine Schritte und wußte diese auch so zu lenken, daß sie vor allem für ihren persönlichen Besitz einen beträchtlichen Vermögenszuwachs erreichte. Sie verstand es, Delbecq einzureden, sie inspiriere alle Pläne ihres Mannes, und sie hatte ihm versprochen, ihn zum Gerichtspräsidenten erster Instanz in einer der größten Städte

Frankreichs zu machen, wenn er sich ganz ihren Interessen unterordne. Das war die Zusage einer unabsetzbaren Stellung, und damit die Möglichkeit, sich später gut zu verheiraten und als Deputierter eine große politische Karriere einzuschlagen. Für dieses Versprechen wäre er für die Gräfin bis in die Hölle gegangen. Keine Chance einer Börsenhausse noch einer spekulativen Wertsteigerung von Grund und Boden, die sich in Paris für einen findigen Kopf während der ersten drei Jahre der Restauration ergab, ließ er im Interesse der Gräfin ungenutzt vorübergehen. So konnte er das Vermögen seiner Schützerin verdreifachen, und zwar um so leichter, als der Gräfin kein Mittel zu gewagt war, wenn sie nur ihr Vermögen schnell um Unsummen vermehren konnte. Sie verwendete das Beamteneinkommen ihres Mannes zur Führung des Haushaltes, um ihre eigenen Einnahmen kapitalisieren zu können. Delbecq gab sich zu allen Schlichen einer maßlosen Habsucht her, ohne sich über die tieferen Beweggründe klar zu werden. Denn diese Art Mensch kümmert sich nur um Geheimnisse, deren Schlüssel ihnen irgendwie wertvoll werden kann. Im übrigen fand der Anwalt das Motiv der nackten Habsucht und des wütenden Durstes nach Gold so verbreitet unter fast allen Pariserinnen, und dann bedurfte es eines so immensen Vermögens, um die ehrgeizigen Ansprüche des Grafen nach allen Richtungen zu fördern, daß Delbecq bisweilen in der Habsucht der Gräfin nur ihre Methode sah, für den Mann zu arbeiten, dem sie sich von Grund ihres Herzens gegeben hatte und weiter gab. Die Gräfin aber verbarg ihre Geheimnisse vor jeder Menschenseele. Auf dem Grunde ihres Herzens lagen die Schicksalswürfel, Tod und Leben, und da ist auch der Punkt, von wo aus der Knoten dieser Erzählung sich entwirrt.

Zu Anfang des Jahres 1818 stand die Restauration auf scheinbar unerschütterlichen Grundlagen da. Ihre Regierungsprinzipien, von erhabenen Geistern zusammengefaßt, schienen für das Reich eine Zeit neuer Blüte einleiten zu sollen, und in diesem Sinn änderte sich auch der Charakter der Pariser Gesellschaft. Die Gräfin Ferraud befand sich nun in dem sonderbaren Falle, zugleich eine Liebes-, eine Verstandes- und Namensehe geschlossen zu haben. Sie war noch jung und schön, sie war eine Weltdame, bewegte sich am Hofe, war reich aus eigenem Vermögen nicht weniger als durch den Besitz des Gatten, der, auserwählt und berufen unter den Männern der Königspartei, und

51

persönlich mit dem Monarchen befreundet, wie geschaffen schien für ein Ministerium. Zu allem anderen zählte sie zur Aristokratie und genoß deren Glanz mit. Mitten in ihrem Glück traf sie eine Art moralischer Krebskrankheit. Es gibt Regungen des Gefühls, die eine Frau von weitem ahnt, mag der Mann auch alle Mühe daransetzen, sie vor ihr zu verbergen. Als der König zum erstenmal zurückkehrte, konnte sich der Graf eines leisen Bedauerns über seine Ehe nicht erwehren. Die Witwe des Obersten Chabert konnte ihm keine wichtige Verbindung schaffen, er stand allein und ohne Stütze da in einer dornenvollen, an Widersachern überreichen Laufbahn, ohne sich der sicheren Leitung eines Menschen anvertrauen zu können. Möglicherweise hatte er auch, bei näherem Zusammenleben, einige Lücken in der Erziehung seiner Frau bemerkt, die sie erst recht unfähig an einer aktiven Mitwirkung an seinen Plänen machen mußten. Ein Wort, das er zufällig einmal über die Ehe Talleyrands fallen ließ, gab der Gräfin Licht über die Lage, denn er hatte angedeutet, ohne es in Worten gradaus zu sagen, daß er, stünde er noch einmal vor der Wahl einer Gattin, anders wählen würde. Welche Frau wird jemals ein solches Bedauern verzeihen? Ist dies nicht schlimmer als alle Beleidigungen, alle Verbrechen, enthält es nicht den Keim der Zurückweisung? Aber wie tief mußte diese Wunde im Herzen der Gräfin werden, wenn sie bedachte, es könne ihr erster Gatte zurückkehren! Kann man das ermessen? Sie hatte gewußt, daß er lebte, sie hatte ihn zurückgestoßen. Dann kam eine Zeit, da hörte sie nichts mehr von ihm. Sie wiegte sich in dem Wahn, er sei bei Waterloo mit den Adlern und Standarten der kaiserlichen Garde untergegangen wie sein Freund Boutin. Trotzdem legte sie es darauf an, den Grafen durch das stärkste Band zwischen Menschen zu fesseln: durch die Kette aus Gold. Sie wollte so reich werden, daß allein schon ihr unermeßlicher Besitz die zweite Ehe unlösbar machte, falls zufällig der Oberst Chabert noch einmal auftauchen sollte. Und er war auch aufgetaucht: sie konnte es sich nicht erklären, warum der gefürchtete Zweikampf noch nicht begonnen hatte. Vielleicht hatten Kummer, Krankheit und Sorgen sie doch von diesem Manne befreit. Vielleicht war er halb irrsinnig, und nur die Irrenanstalt konnte ihn zur Vernunft bringen. Sie wollte weder Delbecq noch die Polizei auf seine Spuren hetzen, denn sie hatte Angst, einen Menschen über sich selbst zu setzen oder das Unheil noch zu beschleunigen.

Es gibt in Paris nicht nur diese eine Gräfin Ferraud, die, mit einem ungeheuren moralischen Übel behaftet, dicht neben einem Abgrund nachtwandelt. Menschen wie sie bekommen eine Schwiele an der Stelle ihres Schmerzes, dann können sie noch lachen und fröhlich sein.

Es gibt einen ungelösten Punkt in der Situation des Grafen Ferraud, sagte Derville am Ende seiner langen Überlegung zu sich, als sein Wagen in der Rue de Varennes, vor dem Hause der Gräfin hielt. Wie kann es sein, daß der Graf, reich, mit dem Könige befreundet, noch nicht Pair de France geworden ist? Es ist vielleicht ein Wesentliches in der Politik des Königs, wie mir Frau de Grandlieu eröffnet hat, daß er der Pairie eine höhere Bedeutung dadurch geben will, daß er sie nicht leicht vergibt. Und schließlich ist der Sohn eines Staatsrates nicht ein Fürst Rohan. Der Graf Ferraud könnte nur durch einen besonderen Weg in die höchste Kammer kommen. So vielleicht, daß er im Falle der Scheidung seiner Ehe, sehr zur Genugtuung des Königs, mit der Hand der Tochter eines alten Senators auch dessen Sitz in der Kammer erhielte, vorausgesetzt, daß der alte Senator keine Söhne und Erben hat. Jedenfalls ein schwerer Klotz, der, vor die Füße unsrer Gräfin geworfen, ihr Schrecken einjagen kann, dachte er, indem er die Treppe emporstieg.

Derville hatte, ohne es zu wissen, den Finger an die empfindlichste Stelle der Wunde gelegt.

Nun wurde er von der Gräfin in einem hübschen Speisesaal, den man im Winter benützte, empfangen. Sie war gerade beim Frühstück und spielte mit einem Äffchen, das durch eine dünne Kette an einem mit Blech eingefaßten Ständer festgehalten war. Sie trug ein elegantes Hauskleid. Die Locken hatte sie nachlässig emporgerafft, sie sahen unter einem Häubchen hervor, dies gab ihr ein niedliches Aussehen. Silber, Email, Elfenbein glitzerten auf der Tafel. Wundervolle Blumen in kostbaren Porzellanvasen standen neben der Hausfrau. Als der Anwalt die Frau des Grafen Chabert in ihren reichen Luxus gebettet sah, sie, die sich an ihrem Mann bereichert hatte und nun auf den höchsten Höhen der Pariser Gesellschaft strahlte, während der unselige Gatte bei einem Viehzüchter Wand an Wand mit dem lieben Vieh leben mußte, da sagte der Anwalt zu sich: Was ist die Moral der Geschichte?

Doch nur, daß eine Frau weder als Gatten noch als Geliebten einen Mann anerkennen wird, der in altes, verfilztes Militärzeug gekleidet ist, der eine Perücke aus Hundehaar auf seinem kahlen Schädel trägt, und der zerrissene Stiefel an den Füßen hat. Ein boshaftes, vernichtendes Lächeln war das äußere Zeichen dieser halb philosophischen, halb stichelnden Beobachtung, die einem Manne zufliegen mußte, der so wie dieser den fabelhaftesten Platz in der Gesellschaft hatte, um in ihre letzten Gründe und Untergründe hinabzuleuchten, trotz der Lüge und Heuchelei, mit der die meisten Pariser Familien ihre Familiengeheimnisse zu decken versuchen.

»Guten Tag, lieber Derville«, sagte die Gräfin und ließ sich nicht darin stören, dem Äffchen Kaffee zu verabreichen.

»Meine gnädige Frau,« sagte er schroff, denn der herablassende Ton, mit dem die Gräfin ihn angesprochen, ärgerte ihn doch, »ich habe eine ernste Angelegenheit mit Ihnen zu besprechen.«

»Oh, das ist schlimm, der Graf ist nicht anwesend.«

»Oh, das ist ausgezeichnet, meine Gnädigste. Schlimm wäre es, wenn er unserer Unterredung beiwohnte. Ich weiß übrigens durch Delbecq, daß Sie Ihre Angelegenheiten selbst in Ordnung zu bringen lieben, ohne den Herrn Grafen damit zu langweilen.«

»Nun, gut, so will ich Delbecq kommen lassen.«

»Trotz seiner Klugheit könnte er uns hier nichts nützen«, sagte Derville. »Hören Sie, meine Gnädige, ein Wort wird genügen, um Sie ernster zu stimmen. Der Graf Chabert ist am Leben.«

»Mit solchen tollen Scherzen wollen Sie mich zum Ernst zwingen?« antwortete sie mit sprudelndem Lachen.

Aber sie war gebändigt durch den fremdartig kalten und durchbohrenden Blick, mit dem ihr Derville bis auf den Grund des Herzens sah.

»Meine verehrte Gräfin,« sagte er mit klarem, schneidendem Ernst, »Sie übersehen vielleicht nicht ganz die Größe der Gefahr. Ich will nicht sprechen von der absolut sicheren Echtheit der Protokolle, noch von der Sicherheit und Verläßlichkeit und Unanfechtbarkeit der Belege, die unverbrüchlich die Existenz des Grafen Chabert beweisen. Ich bin nicht der Mann, mich mit einer schlechten Sache zu befassen, Sie wissen es. Wenn Sie sich der Ungültigkeitserklärung der Todesurkunde widersetzen, verlieren Sie den ersten Prozeß. Ist aber diese Frage zu unsern Gunsten gelöst, werden alle andern im selben Sinne entschieden.«

»Wovon dann wollen Sie mit mir sprechen?«

»Weder vom Obersten, noch von Ihnen. Nicht mehr auch von Ausarbeitungen und Aktenfolgen, die ein geistreicher Advokat mit allen den seltsamen Anekdoten dieser Angelegenheit ausschmücken könnte, und wozu auch die Briefe gehören müßten, die Sie von Ihrem ersten Mann erhielten, bevor Sie die Ehe mit dem zweiten eingingen.«

»Falsch, falsch,« schrie sie mit der ganzen Zornesglut einer eleganten Dame, »ich habe nie Briefe vom Obersten Chabert erhalten. Wenn einer sich für ihn ausgibt, so kann es nur ein Intrigant, ein entsprungener Verbrecher sein. Mich schaudert es schon beim bloßen Gedanken. Kann denn der Oberst von den Toten auferstehen? Bonaparte hat mir durch einen Adjutanten sein Beileid aussprechen lassen, und ich beziehe bis zum heutigen Tage eine Pension von dreitausend Franken, die seiner Witwe von der Kammer zugesprochen ist. Ich habe recht und tausendmal recht, alle Chabert zurückzuweisen,, die sich an mich herangemacht haben und werde alle zurückweisen, die noch kommen sollten.«

»Zum Glück sind wir allein, gnädige Frau, wir können ungeniert lügen«, sagte er kalt, denn es ergötzte ihn, den Zorn der Gräfin noch heißer anzustacheln, um dann, (jeder Advokat kennt diese Methode, selbst ruhig zu bleiben und den Partner sich in tolle Wut hineinreden zu lassen), ihre wohlgehüteten Geheimnisse zu erreichen. So wollen wir es einmal auf ein Duell ankommen lassen, sagte er sich und dachte sich eine Schlinge aus, die er der Gräfin legen wollte, um ihr ihre Schwäche zu beweisen.

»Der Empfangsschein des ersten Briefes liegt noch vor, verehrte Gräfin,« sagte er mit lauter Stimme,»und dieser Brief enthielt Wertpapiere . . .«

»O nein, Wertpapiere enthielt er nicht.«

Lächelnd antwortete der Anwalt:»Sie haben also doch diesen Brief erhalten? Sie haben sich schon in der ersten Schlinge gefangen, die Ihnen ein Anwalt gelegt hat, und dabei glauben Sie noch, mit der Justiz spielen zu können?«

Die Gräfin errötete und erblaßte, sie verbarg ihr Gesicht in den Händen. Dann schüttelte sie alle Beschämung ab und sagte mit eiserner Stirn, wie sie Frauen ihrer Art haben:»Nun, da Sie der Anwalt des angeblichen Obersten Chabert sind, machen Sie mir doch die Freude . . .«

»Meine Gnädige,« unterbrach sie der Anwalt,»ich bin in diesem Augenblick Ihr Anwalt ebensogut wie der des Obersten Chabert. Glauben Sie, ich wollte gern eine so wertvolle Klientin wie Sie verlieren? Aber Sie hören mich ja nicht an . . .«

»Sprechen Sie, bitte«, sagte sie, nicht ohne Anmut.

»Ihr Vermögen stammt von dem Obersten, trotzdem haben Sie ihn zurückgestoßen. Ihr Vermögen ist immens, Sie lassen ihn betteln. Meine sehr verehrte Frau, die Anwälte können gut reden, besser aber noch die Tatsachen. Und es trifft sich hier ein Tatbestand, der die öffentliche Meinung sehr gegen Sie einnehmen könnte.«

»Aber, mein Herr,« sagte die Gräfin, die es nicht mehr ertrug, auf dem glühenden Rost geschmort zu werden,»zugegeben, daß Ihr Oberst Chabert am Leben ist, so werden die Behörden doch meine zweite Ehe aufrecht erhalten, denn es sind Kinder da. Meine ganze Schuld an Herrn Chabert werden dann nur zweihundertfünfzigtausend Franken sein.«

»Meine Gräfin, es steht noch gar nicht so fest, wie sich die Gerichte in Fragen des Herzens stellen werden. Wohl haben wir auf der einen Seite eine Mutter mit ihren Kindern, aber auf der andern einen Mann, dessen Unglück zum Himmel schreit. Er ist vorzeitig gealtert. Durch Sie. Durch ihr Nein. Wo soll er noch eine Frau finden? Und dann, können die Richter das Recht auf den Kopf stellen? Ihre erste Ehe ist voll und ganz legal, sie hat außerdem die Priorität. Aber noch eins, Sie tragen in dieser Sache solch dunkle, hassenswerte Farben, daß Sie einen Gegner dort finden könnten, wo Sie ihn am wenigsten vermuten. Da ist die Gefahr, vor der ich Sie warnen möchte.«

»Ein neuer Gegner? Und wer?«

»Der Herr Graf Ferraud.«

»Er hat für mich zuviel Liebe und zuviel Achtung für die Mutter seiner Kinder.«

»Ach, sprechen Sie nicht in die Luft«, unterbrach sie der Anwalt. »Heute hat der Graf durchaus keine Lust, sein Eheband zu lösen, und ich will gern glauben, daß er Sie anbetet, aber lassen Sie erst einen kommen, der ihm sagt: ›Ihre Ehe kann gelöst werden, denn Ihre Frau wird in der öffentlichen Meinung als Verbrecherin dastehen . . .‹«.

»Er wird mich verteidigen.«

»Nein, das wird er nicht.«

»Und aus welchem Grunde sollte er mich preisgeben?«

»Um die einzige Tochter eines Pair de France zu heiraten. Denn dann könnte er durch eine königliche Ordonnanz selbst Pair werden.«

Die Gräfin wurde sehr bleich.

Jetzt haben wir sie, dachte der Anwalt. Schön, nun halte ich dich, und die Sache des armen Obersten gewinnt.

»Und dann,« setzte er laut fort, »der Graf Ferraud hätte um so weniger mit Gewissensbissen zu kämpfen, als ein Mann, mit Ehre gekrönt, General, Graf, Großritter der Ehrenlegion, kein schlechter Ersatz für den Grafen Ferraud sein müßte. Und wenn dieser Mann seine Frau zurückverlangt...?«

»Genug, genug, mein Herr! Sie sind und bleiben mein Anwalt«, sagte sie. »Was nun?«

»Vergleichen«, sagte Derville.

»Liebt er mich noch?« antwortete sie.

»Kann es anders sein?«

Bei diesem Wort hob die Gräfin den Kopf. Ein Hoffnungsschimmer leuchtete in ihren Augen. Sie rechnete vielleicht darauf, die Zärtlichkeit des ersten Mannes irgendwie auszuspielen und durch Weiberlist den Prozeß zu gewinnen.

»Ich werde Ihre Befehle erwarten, Frau Gräfin. Ich muß wissen, ob Sie unsere Akte unterzeichnen wollen, oder ob Sie zu mir kommen wollen, um die Grundlagen eines Vergleichs zu bestimmen.« Nun grüßte er und ging.

Acht Tage nach diesen zwei Besuchen, an einem schönen Junimorgen, kamen die zwei Gatten, die ein fast übernatürliches Geschick geschieden, von den entgegengesetztesten Punkten von Paris einander entgegen, um sich im Bureau ihres gemeinsamen Anwalts zu begegnen. Der reichlich gegebene Vorschuß Dervilles hatte es Chabert gestattet, sich nach seinem Rang zu kleiden. Der Tote kam in einem sehr anständigen Wagen angefahren. Seinen Kopf bedeckte eine Perücke, die seinem Gesichtsschnitt angepaßt war, sein Anzug war von schönem Blau. Er hatte weiße Wäsche an und trug unter seiner Weste das rote Band der Großritter der Ehrenlegion. Während er seine alten Gewohnheiten des Wohlstands auffrischte, fand er auch seine Soldateneleganz wieder. Sein Gesicht, ernst und voller Geheimnisse, aber mit Spuren von Glück und Hoffen, schien jünger und voller, er ähnelte nicht mehr dem alten Militärfilz, so wenig ein alter Pfennig einem frisch geprägten Goldstücke ähnelt. Leicht hätten die Leute auf der Straße in ihm eine der schönsten Ruinen der alten Armee erkannt, einen Helden, in dessen Gestalt sich unsere nationale Ehre widerspiegelt und in dem sie ganz zur blendenden Erscheinung geworden ist, wie noch ein Stück Eis alle Sonnenstrahlen funkelnd bricht. Er hielt sich aufrecht. Die alten Soldaten sind alle wie aus Büchern oder Bildern geschnitten. Als der Graf seinen Wagen verließ, um zu Derville zu gehen, bewegte er sich mit dem leichten Schwung der kräftigsten Jugend. Kaum hatte er sein Coupé gewendet, als ein schöner Wagen mit einem großen Wappen ankam. Die Gräfin Ferraud entstieg ihm in einer einfachen Toilette, die aber vorteilhaft ihre schlanke Taille offenbarte. Sie hatte einen hübschen rosa unterfütterten Hut auf, der scharmant ihr Gesicht umrahmte, die Konturen dämpfte und alles verjüngte.

Wenn sich auch die Klienten verjüngt hatten, das Bureau blieb dasselbe und zeigte das gleiche Bild, mit dem diese Erzählung begonnen hat. Simonnin war beim Frühstück, seine Schultern lehnten am Fensterrahmen, er sah sich durchs Fenster das Himmelsblau an, das von vier Mauern des Hofes düster eingerahmt war.

»Ah,« rief der Laufbursche, »wer will um einen Sitz im Theater wetten, daß der Oberst Chabert General und Ordensritter ist?«

»Der Chef ist ein fabelhafter Hexenmeister«, sagte Godeschal.

»Können wir ihm also heute keinen Streich spielen?« fragte Desroches.

»Seine Frau tut es, die Gräfin Ferraud«, sagte Boucard.

»So kommt's,« meinte Godeschal, »daß eine Frau zwei Männern wird dienen müssen . . .«

»Hier sind sie«, antwortete Simonnin.

In diesem Augenblick trat der Oberst ein und verlangte Derville.

»Er erwartet Sie, Herr Graf«, sagte Simonnin.

»Du bist also nicht taub, kleiner Schelm«, sagte Chabert und ergriff den Hans Dampf in allen Gassen am Ohr und beutelte ihn tüchtig, sehr zur Freude der Schreiber, die mitten im Lachen den Obersten nicht aus den Augen verloren, sondern mit einer Neugierde betrachteten, die einer so sonderbaren Persönlichkeit gebührte.

Der Graf Chabert war schon bei Derville, als seine Frau ins Bureau trat.

»Sagen Sie doch, Boucard, jetzt wird sich eine einzigartige Szene beim Chef abspielen. Die Dame kann dann alle geraden Tage zu dem Grafen Chabert gehen und sich an den ungeraden ihrem andern Gatten widmen.«

»An den Schalttagen, wer ist dann an der Reihe?«

»Schweigt doch! Man kann uns hören«, sagte ernst der Bureauvorstand. »Ich habe nie ein Bureau gesehen, wo man sich so über die Klienten lustig gemacht hat wie hier.«

Derville hatte den Grafen in sein Schlafzimmer geführt, als die Gräfin eintrat.

»Meine gnädige Gräfin, ich wußte nicht,« sagte er, »ob es Ihnen genehm sein wird, den Herrn Grafen Chabert zu sehen, und so habe ich Sie beide separiert. Aber wenn Sie wünschen . . .«

»Mein Herr, ich danke Ihnen für Ihre Zuvorkommenheit!«

»Ich habe eine Reinschrift vorbereitet, die alle Bedingungen eines Vergleichs enthält, der sofort zwischen den Parteien geschlossen werden kann. Ich werde abwechselnd von einem zum anderen gehen, um beiden Interessen alternativ gerecht zu werden.«

»Nun, mein Herr, lassen Sie uns sehen«, sagte die Gräfin mit einigen Spuren Ungeduld.

Derville las:

Zwischen den Endesgefertigten

Herrn Hyacinth, genannt Chabert, Graf, Feldmarschall und Großordensritter der Ehrenlegion, wohnhaft in Paris, Rue du Petit-Banquier, einerseits

Und der Frau Rose Chapotel, Ehefrau des oben erwähnten Herrn Grafen, geborenen ...«

»Ach, lassen wir diese Einleitungen, wir wollen zu den Bedingungen kommen.«

»Meine Gnädigste,« sagte der Anwalt, »diese Einleitung entwickelt Punkt für Punkt die Lage, in der Sie und er sich augenblicks befinden. Sodann müssen Sie in Punkt eins in Gegenwart dreier Zeugen, und zwar zweier Notare und eines Viehzüchters, des früheren Wirtes Ihres Mannes, die ich alle ins Vertrauen gezogen habe, und die tiefstes Schweigen über alles bewahren werden, anerkennen, daß das Individuum, das in den Akten und den Beilagen näher bezeichnet wird und dessen Standeszugehörigkeit sich übrigens in einer Notariatsakte Ihres Notars Alexander Crottat durchgeführt vorfindet, daß dieses Individuum identisch ist mit dem Grafen Chabert, Ihrem ersten Mann.

Punkt zwei, verpflichtet sich der Graf Chabert mit Rücksicht auf Ihr Glück, von seinen Rechten keinen Gebrauch zu machen, ausgenommen die Fälle, die das Schriftstück selbst vorsieht. Und diese Fälle«, sagte Derville gleichsam in Klammern, »sind nichts anderes als die Ausführung der Klauseln dieses geheimen Vertrages. Seinerseits«, setzte er fort, »wird sich Oberst Chabert einverstanden damit erklären, Zug um Zug ein Verfahren anzustreben und durchzuführen, das seine Todeserklärung als ungültig und seine Ehe mit Ihnen als geschieden erklärt.«

»Das paßt mir ganz und gar nicht, ich will keinen Prozeß«, sagte die Gräfin. »Sie wissen warum.«

Ohne sich aus seiner Ruhe bringen zu lassen, fuhr der Anwalt fort: »Durch Punkt drei verpflichten Sie sich, unter dem Namen Hyacinth, Graf Chabert eine lebenslängliche Rente von achtzigtausend Franken zu stiften, im Grundbuch eingetragen, deren Kapital nach dem Tode des Grafen an Sie zurückfällt.«

»Viel zu teuer!« rief die Gräfin.

»Wollen Sie sich auf eine niedrigere Summe vergleichen?«

»Vielleicht.«

»Was wollen Sie also, gnädige Frau?«

»Ich will, ich will keinen Prozeß, ich will . . .«

»Daß er tot bleibt«, sagte zornig Derville, indem er sie unterbrach.

»Mein Herr, wenn es achtzigtausend kosten soll, werden wir lieber klagen.«

»Ja, wir werden Klage führen«, schrie mit heiserer Stimme der Oberst, riß die Tür auf und stand in seiner ganzen Größe vor seiner Frau, die eine Hand an der Brust, die andere gegen den Estrich gesenkt, eine Gebärde, der das Gedenken an sein Abenteuer furchtbare Wucht verlieh.

»Er ist es«, sagte die Gräfin zu sich.

»Zu teuer!« wiederholte der alte Soldat. »Ich habe Ihnen fast eine Million gegeben, und nun schachern Sie um mein Unglück. Aber gerade jetzt will ich Sie und Ihr Vermögen. Noch ist die Gütertrennung nicht erfolgt, unser Ehebund ist nicht gelöst.«

»Aber der Herr ist doch nicht Oberst Chabert«, schrie die Gräfin und spielte Komödie.

»Aber nein,« sagte der Alte mit prachtvoller Ironie, »wollen Sie Beweise? Ich habe Sie im Palais Royal aufgezwickt . . .«

Die Gräfin wurde blaß wie die Wand. Als er sie unter ihrer Schminke erblassen sah, kam dem alten Soldaten zu Bewußtsein, daß er eine Frau beleidige, für die er einst Feuer und Flamme gewesen, er faßte sich und hielt inne. Aber er empfing einen so giftgetränkten Blick, daß er fortfuhr: »Sie waren damals bei der . . .«

»Ich bitte Sie sehr, Herr Anwalt,« sagte die Gräfin, »Sie werden es entschuldigen, wenn ich Sie verlasse. Ich bin nicht hergekommen, um mir solche Scheußlichkeiten anzuhören.«

Sie erhob sich und ging. Derville stürzte ihr nach, aber sie war wie fortgeflogen. Als er in sein Kabinett trat, fand der Anwalt den Obersten in einem Wutanfall mit Riesenschritten hin und her gehen.

»Damals nahm man sich seine Frau, wo man sie fand. Ich hätte besser wählen sollen, es ist meine Schuld. Was soll mir das schöne Gesicht? Sie hat kein Herz.«

»Aber, Herr Oberst, hatte ich nicht recht, als ich Sie bat, nicht zu kommen? Wohl bin ich jetzt überzeugt von Ihrer Identität. Als Sie da hervorkamen, ging in der Gräfin eine Bewegung vor sich, die alles sagte. Aber Sie haben Ihren Prozeß verloren, denn jetzt weiß Ihre Frau, daß Sie nicht wiederzuerkennen sind.«

»Ich schlage sie tot.«

»Unsinn! Dann faßt man Sie und köpft Sie wie einen Halunken. Übrigens würden Sie den Todesstreich verfehlen. Und man darf nie seine Frau verfehlen, wenn man sie töten will. Das wäre nicht zu verzeihen. Sie großes Kind, lassen Sie mich Ihre Tolpatschigkeiten wieder gutmachen. Gehen Sie jetzt. Aber passen Sie gut auf. Sie wäre durchaus imstande, Ihnen Fallstricke zu legen und Sie ins Irrenhaus zu bringen. Ich will ihr unsere Akten vorlegen, das schützt uns am besten vor jeder unliebsamen Überraschung.«

Der arme Oberst gehorchte seinem jungen Wohltäter und entfernte sich, Entschuldigungen stotternd. Langsam stieg er die Stufen der dunklen Treppe hinab, verloren in düstere Gedanken, unter der Last neuer Sorgen, mit einer frischen Wunde, die ihn um so schmerzlicher traf, als sie die innerste Wurzel seiner Seele verletzt hatte. Da hörte er das Rascheln eines Frauenkleides, und an der untersten Stufe der Treppe erschien seine Frau.

»Kommen Sie, mein Herr«, sagte sie und nahm seinen Arm mit einer Gebärde unbeschreiblicher Vertraulichkeit, wie sie nur Menschen kennen, die einmal sehr gut miteinander gewesen sind.

Diese Bewegung der Gräfin, der Tonfall ihrer Stimme, der wieder anmutig und fein geworden war, war das nicht genug, um dem Obersten die Ruhe wiederzugeben? Und so ließ er sich zu ihrem Wagen führen.

»Bitte, steigen Sie ein«, sagte sie, als der Bediente den Wagentritt herabgelassen hatte.

»Wohin, gnädigste Gräfin?« fragte der Diener.

»Nach Groslay«, sagte sie.

Die Pferde setzten sich in Gang und nun ging es quer durch ganz Paris.

»Mein Herr«, sagte die Gräfin zum Obersten und der bloße Klang ihrer Stimme ließ Gefühle in ihm wach werden, die im Leben eines solchen Mannes sich nie wiederholen und um derentwillen man lebt.

In diesen Stunden bebt alles: Herz, Nerven, Fibern, Gesicht, Seele und Körper, alles zittert, alles ist in tiefster Bewegung. Das Leben, das Dasein scheint nicht mehr in unserem Innern beschlossen, es strömt aus uns reich hervor, sprudelt und sprüht, es teilt sich mit wie ein Hauch, es setzt sich fort, im Blick, in der Betonung eines Wortes, in jeder Gebärde, so wirkt unser Wollen bestimmend, zwingend auf den andern neben uns. Der alte Soldat zitterte wie Espenlaub bei dieser schrecklichen Anrede: mein Herr! Aber bedeutete dies denn nicht auch eine Bitte, einen Vorwurf, ein Hoffen und Verzweifeln, Fragen und Antworten? Man konnte alles mit diesem einen Worte sagen. Nur eine Komödiantin konnte so viel Überredung in ein paar Silben fassen, so viel Gefühle in einen Ton zwingen. Die Wahrheit, die Echtheit ist nicht so reich in ihrer Ausdrucksfähigkeit, sie kann nicht alles nach außen umsetzen, aber sie läßt ahnen, was im Innern vorgeht.

Der Oberst schämte sich tief seines Verdachtes, seiner Forderungen, seines Zornes gar, er senkte seine Blicke, damit man seine Verwirrung nicht erkenne.

»Mein Herr,« sagte die Gräfin nach einer kaum wahrnehmbaren Pause, »ich habe Sie wohl erkannt.«

»Rosine,« sagte der alte Soldat, »dieses eine Wort schüttet den reinsten Balsam auf meine Wunden.« Zwei dicke Tränen rollten heiß in die Hände seiner Frau. Er zog sie an sich, er wollte ihr seine väterliche Zärtlichkeit beweisen.

»Mein Herr,« begann sie wieder, »haben Sie es denn nicht gefühlt, wie furchtbar schwer es mich ankam, in einer so falschen Situation mich vor einem Fremden zu zeigen? Muß ich schon über mich erröten, dann sei es wenigstens im Kreise der Meinen. Sollte dies Geheimnis nicht in unserm Herzen begraben bleiben? Sie werden mich entschuldigen, wenn ich dem Unglück eines Menschen gegenüber kalt blieb, an dessen Existenz ich zu glauben nicht vermochte. Ich habe Ihre Briefe erhalten,« sagte sie mit Lebhaftigkeit, als auf den Zügen ihres Mannes seine Gedanken klar lesbar erschienen, »ich habe sie erhalten, aber erst dreizehn Monate nach der Schlacht bei Eylau. Sie waren offen, schmutzbedeckt, die Schrift kaum zu entziffern, und da dachte ich, da schon die Unterschrift Napoleons auf meinen neuen Heiratskontrakt gesetzt war, da habe ich gedacht – es treibe ein geschickter Betrüger sein Spiel mit mir. Um nicht die Ruhe des Grafen Ferraud zu stören und die Bande der Familie zu lockern, habe ich mich gegen einen falschen Chabert zu schützen versucht. War das nicht recht, sagen Sie!«

»Ja, das war recht«, sagte er. »Ich bin der dumme Lümmel, ein Tier, eine plumpe Bestie, daß ich nicht besser die Folgen einer solchen Lage voraussehen konnte. Aber wohin führst du mich«, rief er aus, als er die Barriere von la Chapelle vor sich erblickte.

»Auf mein Landgut, bei Groslay, im Tale von Montmorency. Dort wollen wir in Ruhe darüber nachdenken, welchen Weg wir aus unseren Schwierigkeiten suchen können. Ich kenne meine Pflichten. Ich gehöre Ihnen nach dem Gesetz, aber nicht de facto. Es kann Sie doch unmöglich reizen, daß wir das Gespött von ganz Paris werden. Lassen wir die Öffentlichkeit im Dunkeln über eine Lage, die mich ein wenig lächerlich macht, und setzen wir unsere Würde obenan. Sie lieben mich noch,« sagte sie mit einem traurigen, milden Blick, »aber war ich nicht berechtigt, ein anderes Band zu knüpfen? In all diesen Widrigkeiten sagte mir eine innere Stimme, ich solle mich auf Ihre nur zu bekannte Güte verlassen. Und habe ich unrecht daran getan, Sie als einzigen und ersten Richter über mein Los entscheiden zu lassen? Seien Sie Richter und Partei in einem! Ich überliefere mich ganz dem Adel Ihres Charakters. Sie müssen mir in Ihrer Güte alles verzeihen, was aus unschuldigem Irren erwachsen ist. Ich will Ihnen nämlich gestehen, ich liebe den Grafen Ferraud. Ich glaubte, ich dürfte es. Ich erröte bei diesem Geständnis nicht vor Ihnen. Es mag Sie kränken, aber es macht Ihnen keine Schande. Tatsachen kann ich Ihnen nicht verbergen. Als das Schicksal mich zur Witwe machte, hatte ich Mutterfreuden noch nicht erfahren.«

Der Oberst machte seiner Frau mit der Hand Zeichen, um sie um Stillschweigen zu bitten, und so fuhren sie eine halbe Meile, ohne zu sprechen. Chabert glaubte die zwei Kinder vor sich zu sehen.

»Rosine?«

»Mein Herr?«

»Die Toten haben also unrecht, wiederzukommen?«

»Nein, nein, nein! Undankbar bin ich nicht. Glauben Sie das nicht! Nur vergessen Sie nicht, Sie finden eine liebende Gattin, eine Mutter, wo

Sie eine Ehefrau verlassen haben. Es geht über meine Kraft, Sie zu lieben, aber ich weiß, wie unendlich viel ich Ihnen schulde, alle Neigung einer Tochter will ich Ihnen widmen.«

»Rosine,« sagte der Alte mit sanfter Stimme,»ich denke nicht mehr im Bösen an dich. Wir wollen alles vergessen«, flüsterte er mit einem Lächeln, dessen mildes Licht immer der Abglanz einer großen Seele ist.»Ich bin nicht so brutal, um Zeichen von Liebe bei einer Frau zu suchen, die mich nicht mehr liebt.«

Die Gräfin warf ihm einen Blick voll von Dankbarkeit zu, so dankbar, daß der arme Chabert am liebsten wieder in seine Totengrube zu Eylau zurückgekehrt wäre. Nur wenige Menschen haben die Kraft zu solchen Entschlüssen, aber sie werden durch das Gefühl belohnt, alles für die geliebte Person getan zu haben.

»Mein Freund,« antwortete die Gräfin,»von all dem später und mit ruhigerem Sinn.«

Das Gespräch nahm eine andere Wendung, denn es war unmöglich, noch weiter über das alte Thema zu sprechen. Obwohl die Ehegatten oft auf ihre bizarre Situation zurückkamen, sei's durch Anspielungen, sei's ganz im Ernst, hatten sie doch eine reizende, kleine Reise, während deren sie einander gegenseitig die Ereignisse ihrer gemeinsamen Vergangenheit und auch die Zeiten des großen Kaisers ins Gedächtnis zurückriefen. Wie fein verstand es die Gräfin, den Erinnerungen etwas Holdes, Zartes zu geben, und um jedes Wort einen Mantel von Melancholie und Wehmut zu breiten, und dabei doch ihre Würde nie zu vergessen. Sie ließ die Liebe wieder aufleben, ohne die Begier zu wecken, ließ den ersten Gatten alle seelischen Schätze sehen, die sie inzwischen erworben, und ihr einziger Wunsch schien, ihn daran zu gewöhnen, er möge sein Glück darin suchen, in ihr die geliebte und liebende Tochter zu sehen. Der Graf hatte eine Gräfin des Kaiserreichs verlassen, er fand eine Gräfin der Restaurationszeit in ihr wieder. Endlich kamen die Gatten quer durchs Gelände auf einen schmaleren Weg, und dann zu einem mächtigen Park, tief in dem kleinen Tal, das die Hügel von Margency von dem hübschen Städtchen Groslay trennt.

Die Gräfin besaß hier ein wundervolles Haus, in dem der Graf, als er ankam, alle Vorbereitungen für sich und für sie getroffen fand. Das Unglück ist ein Talisman, der die natürlichen Kräfte unserer Seele verstärkt. Er erhöht die Bosheit und das Übelwollen bei den Bösen, bei den Guten aber steigert er den Edelgehalt der reinen Herzen. Das schlimme Geschick hatte den Obersten noch mehr hilfsbereit und gütig gemacht, als ers gewesen, er konnte daher tiefer in die Falten einer leidenden Frauenseele dringen, als sonst die Männer meist. Und doch, so wenig mißtrauisch er war, konnte er einen Gedanken nicht unterdrücken:»Sie waren also sicher, mich hierher mitzubekommen?«

»Ja,« sagte sie,»wenn es der Oberst Chabert war, der mir als Kläger gegenüberstand.«

Sie wußte dieser Antwort allen Schein der Wahrheit zu geben, und so verscheuchte sie das leise Mißtrauen, dessen sich der Oberst jetzt sogar schämte. Während der ersten drei Tage war die Gräfin bezaubernd und anbetungswert gegen ihren ersten Mann. Zarte Vorsorge, immerwährende Freundlichkeit waren ihre Mittel, alle Spuren von Kummer auszulöschen, so wollte sie die Verzeihung für alles Schwere erbitten, das, nach ihrem Geständnis, ohne böse Absicht, durch sie über ihn gekommen war. Sie entfaltete für ihn, ohne den Schleier von Melancholie zu heben, der alles umgab, unbeschreiblichen Reiz, dem er, wie sie ihn kannte, nicht zu widerstehen vermochte. Denn wir können alle in gewissen Dingen nicht widerstehen, es gibt eine Art Herzenstakt oder geistige Grazie, gegen die wir machtlos sind. Er mußte Anteil an ihrem Geschick nehmen, sie wollte ihn ganz weich, ganz ihren Wünschen gefügig, um rücksichtslos über ihn herrschen, mit ihm schalten und walten zu können. Sie war zu allem entschlossen, ihr Ziel mußte sie erreichen, sie wußte noch nicht, was sie aus diesem Menschen machen wollte, aber aus der Gesellschaft sollte und mußte er verschwinden und ausgelöscht werden für immer. Am Abend des dritten Tags fühlte sie, daß sie, aller Anstrengung ungeachtet, nicht die Unruhe verbergen konnte, die sie diese fragwürdigen Schleichwege kosteten. Sie wollte sich einen Augenblick lang erholen und stieg zu ihren Zimmern herauf, setzte sich an den Schreibtisch. Jetzt warf sie die Maske der Ruhe und der Freundlichkeit ab, die sie vor Chabert trug, nun glich sie einer Komödiantin, die todmüde nach einem schweren fünften Akt sich in ihre Garderobe schleppt, wie leblos niedersinkt. Noch lebt sie im Publikum unter einem Bilde weiter, das sie selbst nicht mehr ist.

Schnell beendete sie ein Schreiben an Delbecq, worin sie ihn aufforderte, in ihrem Namen zu Derville zu gehen, sich alle Akten, die den Oberst Chabert betrafen, zur Kopierung vorlegen zu lassen und dann sofort nach Groslay zu kommen. Kaum hatte sie den Brief beendigt, als sie auf dem Korridor den Schritt des Obersten hörte, welcher, unruhig geworden, sie aufsuchte.

»Mein Gott,« sagte sie laut, »ich möchte sterben. Wer kann so weiterleben...«

»Aber nein, was haben Sie?« fragte der gute Mann.

»Ach nichts.«

Sie stand auf, ließ den Obersten allein und ging herab, um ungestört mit ihrer Kammerfrau sprechen zu können. Sie schickte sie nach Paris und gab ihr den Brief an Delbecq mit, den sie eben geschrieben und der nach der Lektüre wieder abzuliefern war. Dann setzte sie sich auf eine Bank, wo sie der Oberst sehen konnte. Und in der Tat suchte er sie bereits, eilte herbei und setzte sich zu ihr.

»Rosine,« sagte er, »was haben Sie?«

Sie antwortete nicht. Der Abend war wundervoll ruhig. Er strömte eine himmlische Ruhe aus, die Luft der Juninacht war süß und rein, tief das Schweigen ringsum, ferne konnte man im Park die Stimmen von Kindern hören, eine zarte Melodie zu der überirdischen Schönheit der Landschaft.

»Sie antworten nicht?« fragte der Oberst seine Frau.

»Mein Gatte...,« sagte die Gräfin, dann konnte sie nicht weiter, machte eine Pause und fuhr errötend fort, »wie soll ich ihn denn nennen, den Grafen Ferraud?«

»Nenne ihn ruhig deinen Gatten, mein armes Kind,« sagte er in seiner ganzen Güte, »ist er doch der Vater deiner Kinder.«

»Nun raten Sie mir,« begann sie von neuem, »wenn er mich fragt, was ich hier getan, wenn er erfährt, daß ich mich mit einem Unbekannten eingeschlossen habe, was ihm dann sagen? Hören Sie, mein Herr,« wiederholte sie mit ihrer ganzen Würde, »entscheiden Sie mein Los, ich bin zu allem entschlossen.«

»Meine Liebe,« sagte der Oberst und ergriff die Hände seiner Frau, »ich habe mich entschieden, mich ganz Ihrem Glück zu opfern.«

»Aber das ist unmöglich«, sagte sie mit einer krampfhaften Bewegung. »Denken Sie doch daran, daß Sie durch eine authentische Unterschrift auf sich selbst verzichten müßten . . .«

»Wie das?« sagte der Oberst, »genügt Ihnen nicht mein Wort?«

Die Bezeichnung »authentisch« hatte im Herzen des Alten, fast gegen seinen Willen, Mißtrauen erweckt. Er blickte seine Frau ernst an, und sie errötete unter diesem Blick. Sie mußte die Augen senken. Er hatte Angst, er müsse sie verachten. Seine Frau fürchtete, sie hätte sein Gefühl naiver Scham verletzt, die erprobte Ehrlichkeit eines Mannes, dessen edlen Charakter, dessen primitive Tugend sie kannte. Zwar hatten nun diese Gedanken leichte Wolken in den Seelen zusammengezogen, doch bald verbreitete sich wieder das Gefühl der Eintracht zwischen ihnen. Und zwar so. Ein Kinderruf ertönte in der Ferne.

»Julius, lasse deine Schwester in Frieden«, rief die Gräfin.

»Wie? Ihre Kinder sind hier?«

»Ja, aber ich habe ihnen verboten, Sie zu stören.«

Der alte Soldat wußte das hohe Maß von Zartgefühl und Takt zu würdigen, das die Gräfin in ihr Benehmen gelegt, und nahm ihre Hand, um sie zu küssen.

»Lassen Sie doch die Kinder kommen«, sagte er. Das kleine Mädchen eilte herbei, um sich über den Bruder zu beklagen.

»Mama!«

»Mama!«

»Er hat...«

»Sie hat...«

Die Kinderhände streckten sich gegen die Mutter aus, und die hohen Stimmen mischten sich miteinander. Wie schön war diese Szene anzusehen!

»Arme Kinder,« rief die Gräfin und konnte ihren Tränen nicht mehr Halt gebieten, »ich muß euch verlassen. Wem wird das Gericht sie zusprechen? Eine Mutter wird sich nie auf einen Vergleich einlassen. Ich will sie haben, ich, ich allein.«

»Sind Sie es, der unser Mütterchen weinen macht?« sagte Julius und warf zornige Blicke auf den Obersten.

»Ruhe, Julius«, sagte die Mutter gebieterisch.

Die Kinder blieben still und sahen ihre Mutter und den Unbekannten mit einer Neugierde an, die Worte nicht schildern können.

»Oh, oh,« sagte sie, »wenn man mich vom Grafen Ferraud scheidet, dann lasse man mir nur meine Kinder, und ich will zu allem ja sagen.«

Das war das entscheidende Wort, das den ersehnten Effekt machte.

»Ja«, rief der Oberst, als beende er einen Satz, den er innerlich längst zu Ende gedacht »unter die Erde! Unter die Erde muß ich. Ich habe es mir schon einmal gesagt.«

»Kann ich ein solches Opfer annehmen?« antwortete die Gräfin. »Haben früher Menschen ihr Leben darangegeben, um die Ehre ihrer Geliebten zu retten, so haben sie es doch nur ein einziges Mal getan. Sie aber würden Tag für Tag Ihr Leben dahingeben. Nein, nein, das ist unmöglich. Würde es nur um Ihre Existenz gehen, dann wäre es nicht so schlimm. Aber unterzeichnen: ›Ich bin nicht Chabert‹, anerkennen: ›ich bin ein Betrüger‹, die Ehre opfern, jede Stunde des Tages eine Lüge sagen, das geht über Menschenkraft. Denken Sie es doch aus! Nein. Hätte ich nicht meine armen Kinder, ich wäre mit Ihnen längst geflohen ans andere Ende der Welt.«

»Aber,« sagte Chabert, »kann ich denn nicht hier leben, in Ihrem kleinen Pavillon, wie einer Ihrer Verwandten. Ich bin verbraucht wie eine ausgeschossene Kanone, was brauche ich mehr als ein wenig Tabak und den Constitutionel?«

Die Gräfin verlor sich in Tränen. Und nun begann zwischen ihr und dem Obersten ein Wettstreit in Edelmut, wobei der Oberst Sieger blieb. Als er nun eines Abends diese Mutter mitten unter ihren Kindern sah, konnte er dem rührenden Zauber dieses Familienbildes nicht widerstehen, hier auf dem Lande, im Dämmer, im Schweigen wirkte der Frieden besonders stark. Er faßte den Entschluß, unter den Toten zu bleiben, er scheute nicht mehr ein »authentisches« Protokoll, er fragte nur, was soll ich tun, um auf immer das Glück der kleinen Familie sicher zu gründen.

»Tun Sie, was Sie wollen,« antwortete die Gräfin, »ich erkläre Ihnen, ich will mich nicht mehr in diese Angelegenheit einmischen. Ich darf es nicht.«

Seit einigen Tagen war Delbecq da. Er war wörtlich den Befehlen der Gräfin gefolgt, und so hatte er völlig sich das Vertrauen des alten Soldaten zu erwerben gewußt. Und so machte sich denn am nächsten Morgen zu früher Stunde der Oberst mit dem abgetanen Anwalt auf den Weg nach Saint Leu-Taverny, wo Delbecq bei dem Notar hatte einen Schriftsatz ausfertigen lassen. Dieses Protokoll war aber in derart wüsten Ausdrücken abgefaßt, daß der Oberst die Kanzlei schroff verließ, nachdem er das Schriftstück überflogen.

»Tausend Donner! Da wäre ich ja ein Lump! Bin ich denn ein Fälscher?« schrie er.

»Mein Herr,« sagte Delbecq, »ich rate Ihnen, sich nicht zu übereilen. Ich würde an Ihrer Stelle eine Rente von mindestens dreißigtausend Franken aus dem Prozeß herausschinden, denn die Gräfin würde sie zahlen.«

Aber der Ehrenmann blitzte den ausgedienten Schuft nur mit einem zornigen Blick an, dann eilte er fort, die Brust von tausend widerstrebenden Empfindungen zerrissen. Mißtrauen, Wut, Mitleid und Groll gingen durcheinander, bis er sich etwas beruhigte. Er trat durch eine Mauerlücke in den Park von Groslay, ging langsamen Schrittes weiter, um sich auszuruhen und endlich alles ungestört durchdenken zu können, er suchte ein kleines Zimmer auf, das oben in einem Gartenpavillon gelegen war, mit der Aussicht auf den Weg nach Saint-Leu.

Die Allee war mit feinem gelben Sande hoch bestreut, und die Gräfin, die sich zufällig in dem Gartenpavillon aufhielt, hörte nicht den Obersten kommen. Sie war zu gespannt auf den Ausgang der Unternehmung, um auch nur die mindeste Aufmerksamkeit den sachten Schritten ihres Mannes auf dem Sande zu widmen. Er aber bemerkte von seiner Seite die Gräfin erst dann, als er fast vor ihr stand.

»Nun, mein lieber Delbecq, hat er unterzeichnet?«, fragte die Gräfin ihren Intendanten, den sie jenseits der Hecke allein daherkommen sah.

»Nein, Frau Gräfin. Ich weiß nicht, was in den Kerl gefahren ist. Der alte Klepper ist in die Höhe gegangen.«

»Wir müssen ihn also ins Narrenhaus sperren,« sagte sie, »wir lassen ihn nicht los, da wir ihn einmal haben.«

Der Oberst fand plötzlich seine ganze Jugendkraft wieder, er setzte in einem kühnen Sprung über die Hecke, stand in Blitzesschnelle vor dem Intendanten und knallte ihm ein so saftiges Paar Ohrfeigen auf die Backen, wie sie nur je ein Sachwalter eingesteckt hat.

»Schreibe es dir hinter die Ohren, daß die alten Klepper noch ausschlagen können!« sagte er.

Als der erste Zorn verraucht war, fühlte der Oberst nicht mehr die Kraft, über die Hecke zurückzuspringen. Er hatte die Wahrheit in ihrer ganzen abstoßenden Nacktheit gesehen. Das Wort der Gräfin und die Antwort des Intendanten hatten das Komplott entschleiert, dem er zum Opfer hatte fallen sollen. Alle Liebe und Freundschaft war nur der Köder gewesen, sich daran zu fangen. Dieser Vorfall wirkte wie ein Tropfen des schärfsten Giftes, jetzt kamen die schweren seelischen und körperlichen Leiden des Obersten wieder.

Er kehrte auf Umwegen durch das Gartentor zu dem Kiosk zurück, er kam nur mühselig weiter, ein gebrochener Mann. Es gab keinen Frieden für ihn, keine Atempause, keine Gnade. Er mußte, und zwar ohne Zögern, mit dieser Frau einen ihm von Herzensgrund verhaßten Kampf aufnehmen, von dem ihm Derville gesprochen, er mußte sich in die Ränke und Schliche der Gerichtsschikane einlassen, sich von Galle nähren, jeden Morgen seinen Kelch Bitternis trinken. Und dann, welch schrecklicher Gedanke, woher das Geld nehmen, das man für die ersten Instanzen brauchte? Das Leben ekelte ihn an, hätte er Pistolen gehabt, so hätte er sich den Schädel zertrümmert. Dann verfiel er wieder in das Schwanken und Zaudern, das seit der Unterredung mit Derville auf dem Hofe des Viehzüchters seine moralische Kraft gebrochen hatte. Endlich kam er vor dem Kiosk an, stieg in das obere Zimmer empor, aus dessen Fenstern man einen so zauberhaften Ausblick auf die schöne Landschaft hatte. Dort traf er seine Frau.

Die Gräfin sah mit vollendeter Ruhe auf die Landschaft hinaus, die Starrheit ihres Gesichtes war nicht zu durchdringen. Solche eiserne Züge haben alle Frauen, die zum Letzten entschlossen sind. Sie trocknete die Augen, als hätte sie geweint, sie spielte wie verträumt mit einem langen rosenfarbigen Bande ihres Gürtels. Und doch, trotz ihrer scheinbaren Sicherheit, konnte sie ein Zittern nicht unterdrücken, als sie ihrem verehrungswürdigen Wohltäter unter die Augen kam, der aufrecht, mit gekreuzten Armen, bleich, mit düsterer Stirn vor ihr stand.

»Gnädige Frau,« sagte er und blickte sie so scharf an, daß sie erröten mußte,»gnädige Frau, ich verdamme Sie nicht. Ich verachte Sie. Jetzt danke ich dem Zufall, der uns auseinandergebracht hat. Ich spüre keine Rachsucht in mir, ich liebe Sie auch nicht mehr. Sie können nun ruhig leben, auf mein Wort und meine Ehre bauen, dies ist sicherer als alles Gekritzel aller Notare von Paris. Ich will von Ihnen nichts. Ich werde nie den Namen zurückverlangen, den ich berühmt gemacht habe. Ich bin nur ein armer Teufel jetzt, genannt Hyacinth, er will nichts als sein Plätzchen an der Sonne. Adieu . . .«

Die Gräfin warf sich ihm zu Füßen, wollte ihn an den Händen zurückhalten, aber er stieß sie mit Schauder zurück und sagte:»Rühren Sie mich nicht an!«

Wer könnte die Haltung der Gräfin beschreiben, als sie die Schritte ihres Mannes verklingen hörte. Aber dann sah sie, eisklar, wie alle starken Verbrecher oder wie alle unzähmbaren Egoisten der hohen Gesellschaft, sie sah, daß sie von heute an den Frieden ihres Hauses auf dem Wort eines ehrlichen Offiziers aufbauen konnte und auf seiner Verachtung.

Der Oberst Chabert verschwand. Der Viehzüchter sagte Bankrott an und wurde Droschkenkutscher. Vielleicht betrieb der Oberst zu dieser Zeit ein ähnliches Gewerbe. Vielleicht auch stürzte er, einem fallenden Stein im Abgrund vergleichbar, mit unaufhaltsamer Schnelligkeit in die Tiefe, um endlich unter dem elenden Moder und Lumpenflickwerk zu enden, das auf den Straßen von Paris wuchert.

Sechs Monate nach diesen Ereignissen dachte Derville, der weder vom Grafen noch von der Gräfin etwas erfahren, es sei doch sicherlich ein Vergleich geschlossen worden, und man hätte die Verträge nur aus schlechtem Willen bei einem andern Anwalt ausfertigen lassen. Eines Morgens rechnete er die an den Oberst vorgeschossenen Beträge zusammen, fügte die eigenen Spesen hinzu und bat die Gräfin Ferraud, beim Grafen Chabert den Betrag zu reklamieren, denn er nahm an, sie wüßte, wo sich ihr erster Mann aufhielt.

Schon am nächsten Tage richtete der Intendant des Grafen Ferraud, der kürzlich zum Präsidenten des Tribunals erster Instanz in einer großen Stadt Frankreichs war ernannt worden, folgenden unverschämten Brief an Derville:

»Mein Herr!

Die Frau Gräfin Ferraud beauftragt mich, Ihnen Mitteilung zu machen, daß Ihr Klient durchaus das in ihn gesetzte Vertrauen mißbraucht hat, und daß selbes Individuum, das unter dem Namen des Obersten Chabert auftrat, zugegeben hat, sich eines falschen Namens und Titels rechtswidrig bedient zu haben.

Genehmigen Sie usw.

Delbecq.«

»Man trifft doch, auf meine Ehre, Menschen, die verboten dumm sind. Sie heißen Menschen, aber sie sind es nicht. Man sei also ein Mensch und edelmütig, großzügig, Menschenfreund und Anwalt ... und kann sich begraben lassen mit alledem. Die Geschichte hat mich zweitausend Franken gekostet.«

Einige Zeit nach Empfang dieses Briefes suchte Derville im Justizpalast einen Advokaten auf, um mit ihm zu sprechen. Dieser Anwalt plädierte beim Kriminalgericht. Der Zufall wollte es, daß Derville bei der sechsten Kammer eintrat, und zwar gerade in dem Augenblick, da der Vorsitzende einen Mann namens Hyacinth wegen Vagabundage zu zwei Monaten Gefängnis verurteilte, mit der sofortigen Verfügung, er sei nach Abbüßung der Strafe ins Depot zu Saint Denis abzuführen, was nach der Rechtsprechung der Polizeipräfekten ständiges Gefängnis bedeutete. Bei dem Namen Hyacinth wurde Derville auf den Angeklagten zwischen den zwei Gendarmen aufmerksam und erkannte in der Person des Mannes auf der Anklagebank den angeblichen Oberst Chabert. Der alte Soldat trug ein ruhiges, unbewegliches, fast verträumtes Aussehen zur Schau. Trotz seiner Lumpen, trotz des Elends, das nur zu deutlich auf seinen Zügen geschrieben stand, verriet er noch die Spuren von Stolz und

Adel. Sein Blick hatte den Ausdruck eines Stoikers, den ein Richter nicht hätte verkennen dürfen. Aber, fällt einmal ein Individuum in die Hände der Justiz, so ist es kein Mensch mehr, nur eine anonyme Person, eine Tatbestandsfrage, eine Rechtsfrage, so wie er in den Augen eines Statistikers zu einer bloßen Ziffer gesunken ist.

Als der alte Soldat in die Kanzlei zurückgeführt wurde, um dann später mit einer Horde Vagabunden, die man gerade aburteilte, abtransportiert zu werden, machte Derville von seinem Rechte Gebrauch, als Anwalt überall im Justizpalast frei ein- und auszugehen, er begleitete ihn daher nach der Kanzlei und sah sich ihn aus der Nähe an, ebenso die sonderbaren Bettlergestalten, unter denen er sich befand. Das Vorzimmer der Kanzlei bot in diesem Augenblick ein Schauspiel, das leider weder die Gesetzgeber, noch die Menschenfreunde, noch die Dichter genügend kennen. Wie alle Brutstätten der Schikane, so ist auch dieses Vorzimmer ein dunkler und übelriechender Raum, an dessen Wänden sich schwarz gewordene Holzbänke hinziehen; sie sind abgenutzt durch das ewige Kommen und Gehen der armen Teufel, die sich hier treffen, um jeder Spezies menschlichen Elends ein Stelldichein zu geben, bei dem keiner fehlen mag. Ein Dichter würde sagen, daß das Licht sich schämt, in diesen widerwärtigen Winkel zu leuchten, durch den tausend unselige Menschen hindurchgegangen sind. Und so gibt es nicht ein Fleckchen hier, wo nicht ein geplantes oder begonnenes Verbrechen seinen Platz gefunden hat, keine Stelle, wo nicht ein Mensch, durch die erste, kleine Schramme der gerichtlichen Strafe angeritzt, eine Laufbahn begonnen, die unweigerlich zum Schafott oder zum Selbstmord führen mußte. Was in Paris unter die Räder gerät, hier brandet es gegen die schimmligen Mauern an, und aus tausend unsichtbaren Lettern müßte ein Freund des Menschengeschlechtes die Motive von ebensoviel Selbstmorden entziffern, über welche heuchlerische Schriftsteller falsche Klage führen, ohne nur den kleinsten Schritt dagegen tun zu wollen. Was sich auf diesen Mauern geschrieben zeigt, ist das Vorwort zu den Dramen des Richtplatzes und zu den Schauern der Morgue.

Jetzt saß der Oberst Chabert unter diesen willensharten Missetätern, die sich mit der schrecklichen Livree des Jammers eingekleidet hatten.

Bald schwiegen sie, bald unterhielten sie sich in gedämpftem Ton, denn drei Gendarmen im Dienst gingen hin und wieder, und ihre langen Säbel klirrten über das Pflaster des Korridors.

»Nun, erkennen Sie mich?« sagte Derville zu dem alten Soldaten und stellte sich hinter ihn.

»Gewiß, mein Herr«, antwortete Chabert und stand auf.

»Nun, wenn Sie ein Ehrenmann sind, wie können Sie in meiner Schuld bleiben?«

Der alte Krieger errötete wie ein junges Mädchen, das die Mutter wegen heimlicher Zusammenkünfte aushorcht.

»Wie? Frau Ferraud hat Sie nicht bezahlt?« schrie er laut.

»Bezahlt?« sagte Derville. »Sie hat mir geschrieben, Sie seien ein Betrüger.«

Der Oberst hob seine Augen. Wunderbar war diese Geste des Erschreckens und der Verwünschung, als wolle er den Himmel anrufen zum Zeugen dieses neuen Betrugs.

»Mein Herr,« sagte er und dämpfte mit Gewalt seine Stimme herab, »verlangen Sie von den Gendarmen die Gefälligkeit, daß ich in die Kanzlei eintreten darf, und ich will Ihnen ein Mandat unterschreiben, auf das Sie sicherlich bezahlt werden.«

Derville gab dem Unteroffizier einen Wink, und es wurde ihm erlaubt, seinen Klienten in die Kanzlei zu führen, wo Hyacinth ein paar Zeilen an die Gräfin Ferraud schrieb.

»Schicken Sie diesen Brief an sie, und Sie sollen alles zurückerhalten, Vorschüsse und Spesen. Glauben Sie mir, mein Herr, wenn ich Ihnen meine Dankbarkeit noch nicht bezeugt habe, wie ich sie Ihnen für Ihre guten Dienste schulde, die Dankbarkeit ist um nichts weniger da«, und er legte seine Hand auf die Brust.»Ja, sie ist hier, voll und ganz. Aber was vermögen die Unglücklichen. Sie lieben, das ist alles.«

»Wie kann das sein,« fragte Derville,»haben Sie denn keine Rente mit ihr ausgemacht?«

»Ach, sprechen Sie mir nicht davon!« antwortete der alte Militär. »Meinen Widerwillen gegen die Äußerlichkeiten des Lebens können Sie nicht ermessen. Die andern mögen diese Dinge interessieren, ich aber habe eine Krankheit acquiriert, sie heißt: Ekel vor allem, was wie ein Mensch aussieht. Denke ich an Napoleon auf Sankt Helena, so ist mir alles hier unten gleich. Ich kann nicht mehr dienen, das ist mein Unglück. Schließlich,« setzte er hinzu mit einer kindlichen Gebärde, »besser ist's, sich in seinen Gefühlen Luxus zu erlauben als in seinen Kleidern. Ich fürchte keines Menschen Tadel mehr.«

Der Oberst setzte sich wieder auf seine Bank. Derville ging. Als er in sein Bureau kam, sandte er Godeschal (damals war er zweiter Schreiber) zur Gräfin Ferraud, die, nachdem sie das Billett gelesen, unverzüglich den geschuldeten Betrag an Derville auszahlen ließ.

Gegen Ende des Monats Juni des Jahres 1840 kam einmal Godeschal (zur Zeit Anwalt) nach Ris, und zwar in Gesellschaft Dervilles, seines Vorgängers. Als sie an die Straße kamen, die von der Chaussee nach Bicêtre, dem Irrenhaus von Paris, abzweigt, bemerkten sie im Schatten einer Esche einen armen, alten, ganz verkommenen Mann, einen aus der Zahl derer, die das große Los der Bettler gezogen haben und in Bicêtre wohnen, während die armen Frauen in der Salpêtrière ihr Unterkommen gefunden haben. Dieser Mann, einer der zweitausend Insassen des Altersasyles, saß auf einem Meilenstein, und sein ganzer Verstand schien einzig darauf konzentriert, eine unter den Invaliden wohlbekannte Kunst zu üben, nämlich den Tabak im Schnupftuche an der Sonne zu trocknen, vielleicht um die Wäschereiunkosten zu sparen. Bekleidet war der Greis mit der fuchsigen Gewandung, die das Hospiz seinen Insassen gibt als schreckliche Livree der Armut.

»Sehen Sie doch, Derville,« sagte Godeschal zu seinem Reisebegleiter, »sehen Sie doch diesen Alten da.«

Ähnelt er nicht den Spukgestalten, wie sie uns aus deutschen Büchern kommen? Und doch lebt so was und ist schließlich glücklicher als wir.« Derville nahm sein Lorgnon, betrachtete den Armen, ließ sich einen Laut der Überraschung entschlüpfen und sagte:»Mein Lieber, dieser Alte ist ein ganzes Heldengedicht oder, wie die Romantiker es nennen, ein Drama. Bist du je der Gräfin Ferraud begegnet?«

»Gewiß. Sie ist eine Frau von Geist und sehr angenehm, nur gar zu sehr Frömmlerin.«

»Dieser alte Armenhäusler ist ihr legitimer Gatte, Graf Chabert, ehemaliger Oberst, und zweifelsohne war sie es, die ihn hergebracht hat. Wenn er im Armenhause wohnt, statt in einem Palais, so ist es einzig und allein deshalb, weil er die hübsche Gräfin daran erinnert hat, daß er sie einmal, wie einen Fiaker, an öffentlichem Ort aufgenommen hat. Noch erinnere ich mich des Furienblicks, den sie ihm zugeschleudert hat.«

Da dieser Anfang Godeschals Neugierde erregt hatte, erzählte ihm Derville den ganzen Roman. Zwei Tage nachher, Montag morgens, kehrten die zwei Freunde wieder nach Paris zurück. Am Wege warfen sie einen Blick nach Bicêtre, und Derville schlug vor, den Obersten aufzusuchen. In der Mitte des Weges trafen die Anwälte den Obersten, auf einem Baumstumpf sitzend. Er hielt einen Stock in der Hand und zeichnete Runen in den Sand. Als sie ihn genau ansahen, konnte es ihnen nicht entgehen, daß er anderswo als in der Anstalt sein Frühstück genommen.

»Guten Tag, Oberst Chabert!« sagte Derville.

»Nichts mehr von Chabert, kein Chabert mehr! heiße Hyacinth«, antwortete der Greis.»Bin kein Mensch mehr, nur die Numero 164, Saal 7.« Dabei sah er Derville mit ängstlichem Ausdruck an, mit der Furcht eines hilflosen Kindes oder Greises.»Sie wollen den zum Tod verurteilten Mann sehen?« sagte er nach einer Pause.»Er ist nicht verheiratet. Er ist glücklich.«

»Armer Kerl«, sagte Godeschal.»Wollen Sie etwas Geld für Tabak?«

Mit der ganzen schelmischen Naivität eines Pariser Gassenjungen streckte der Oberst eifrig seine Hände den zwei Unbekannten hin. Sie gaben ihm jeder ein Zwanzigfrankenstück, er dankte mit stumpfem Blick und murmelte:»Feine Kerle!«Er spielte Soldat, machte Griffe an einem imaginären Gewehr, und zum Schluß schrie er lachend: »Feuer aus zwei Stücken! Los! Hoch Napoleon!« Und mit seinem Stock zog er eine wundervolle Arabeske in die Luft.

»Die Art seiner Verwundung hat ihn zum Kind gemacht«, meinte Derville.

»Der – ein Kind?« rief ein alter Armenhäusler, der zugesehen hatte. »Er hat seine Tage, an denen man ihm besser nicht auf die Hühneraugen tritt. Er ist ein alter Fuchs, hat Verstand und Phantasie für tausend. Aber heute, was wollen Sie, hat er seinen blauen Montag. Sehen Sie, mein werter Herr, im Jahre 1820 war er schon hier. Nun, da kam ein preußischer Offizier, dessen Kalesche den Berg von Villejuif hinauffuhr, zu Fuß hier vorbei. Dieser Offizier plauderte im Gehen mit einem andern, einem Russen oder einem ähnlichen Monstrum derselben Art, und als sie nun unsern Alten erblickten, sagte der Preuße und wollte einen Witz machen: ›Sehen Sie einen alten Reiters-knecht, der schon die Schlacht bei Roßbach mitgemacht hat.‹ – ›Ich war zu jung, um damals dabei zu sein,‹ antwortet er, ›aber ich bin alt genug gewesen, um bei Jena meine Pflicht zu tun.‹ Da hat der Preuße sich rapid fortgemacht und hat kein Wörtchen mehr verlauten lassen.«

»Welch ein Geschick!« rief Derville.»Aufgezogen im Hospiz der Findelkinder, wird er im Hospiz der armen Greise sterben, im Altersasyl. In der Zeit, die dazwischen liegt, hat er unter Napoleon Europa und Ägypten erobert.«

»Wissen Sie, mein Lieber,« begann er nach einer Pause,»daß es in unserer Gesellschaft drei Arten Menschen gibt, die ihren Nebenmenschen nicht achten können. Priester, Ärzte und Männer des Rechts. Sie tragen schwarze Kleider, vielleicht tragen sie Trauer um alles Gute, um allen Glauben. Der Unglücklichste von ihnen ist der Anwalt. Kommt der Mensch zum Priester, dann treibt ihn sein Gewissen, der Glauben.

Das macht ihn groß, das tröstet die Seele des Mittlers, dessen Werk ohne Freude unmöglich ist. Er macht die Menschen rein, er hilft und macht Böse gut. Aber wir Anwälte, wir sehen die gleichen schlechten Triebe in immer wiederkehrendem Wirbel. Nichts kann sie bessern, und unsere Bureaus sind Brutstätten des seelischen Unrats, die nichts zu reinigen vermag.

Was für Dinge habe ich in meinem Berufe gesehen!

Ich sah einen Vater in einem elenden Loch zugrunde gehen, ohne Geld noch Gut, verlassen von seinen Töchtern, denen er vierzigtausend Franken Rente geschenkt hatte. Ich sah Testamente verbrannt. Ich sah Mütter ihre eigenen Kinder berauben, Gatten Frauen bestehlen, Weiber, die ihre Männer töteten, unter die Erde brachten, indem sie sich der Liebe als Mittel bedienten, sie irrsinnig zu machen oder zur Verblödung zu bringen. Und das alles, um mit dem Herzensfreund in Frieden leben zu können. Ich habe gesehen, wie Frauen den Kindern der ersten Ehe Gewohnheiten böser Art beibrachten, an denen sie sterben sollten, damit die Kinder der Herzensehe reich würden. Ich kann nicht sagen, was alles ich sah, denn es gibt Verbrechen, gegen die jedes Gesetz ohnmächtig ist. Alle Schrecklichkeiten, die ein phantasievoller Dichter erfinden könnte, sind nichts gegen die Wahrheit.

Sie haben es noch vor sich, Bekanntschaft mit diesen fürchterlichen Dingen zu machen.

Ich will aufs Land, dort will ich mit meiner Frau leben.

Paris ist ein Ort des Schreckens.«

Titelliste Taschenbuch-Literatur-Klassiker

Bd. 1 *Abenteuer und Fahrten des Huckleberry Finn*, Mark Twain, Bd. 2 *Andersens Märchen*, Hans Christian Andersen, Bd. 3 *Anton Reiser*, Karl Philipp Moritz, Bd. 4 *Aus dem Leben eines Taugenichts*, Joseph Freiherr v. Eichendorff, Bd. 5 *Bahnwärter Thiel*, Gerhard Hauptmann, Bd. 6 *Bambi Eine Lebensgeschichte aus dem Walde*, Felix Salten, Bd. 7 *Bauern, Bonzen und Bomben*, Hans Fallada, Bd. 8 *Bel Ami*, Guy de Maupassant, Bd. 9 *Bergkristall*, Adalbert Stifter, Bd. 10 *Candide oder der Optimismus*, Voltaire, Bd. 11 *Caspar Hauser oder Die Trägheit des Herzens*, Jakob Wassermann, Bd. 12 *Dantons Tod*, Georg Büchner, Bd. 13 *Das Bildnis des Dorian Grey*, Oscar Wilde, Bd. 14 *Das Dschungelbuch*, Rudyard Kipling, Bd. 15 *Das Fräulein von Scuderi*, ETA Hoffmann, Bd. 16 *Das Gemeindekind*, Marie v. Ebner-Eschenbach, Bd. 17 *Das Heptameron*, Margarete v. Navarra, Bd. 18 *Märchenbriefbuch der heiligen Nächte*, Max Dauphtendey, Bd. 19 *Das Marmorbild*, Joseph v. Eichendorff, Bd. 20 *Das Schloss*, Franz Kafka, Bd. 21 *Das Urteil*, Franz Kafka, Bd. 22 *David Copperfield*, Charles Dickens, Bd. 23 *Der abenteuerliche Simplizissimus*, Grimmelshausen, Bd. 24 *Der arme Spielmann*, Franz Grillparzer, Bd. 25 *Der eingebildete Kranke*, Moliere, Bd. 26 *Der ewige Spießer*, Ödön v. Horváth, Bd. 27 *Der Fürst*, Nocolò Machiavelli, Bd. 28 *Der Glöckner von Notre Dame*, Victor Hugo, Bd. 29 *Der goldene Esel*, Apuleius, Bd. 30 *Der goldene Topf*, ETA Hoffmann, Bd. 31 *Der Graf von Monte Christo*, Alexandre Dumas, Bd. 32 *Der grüne Heinrich*, Gottfried Keller, Bd. 33 *Der kleine Häwelmann und andere Märchen*, Theodor Storm, Bd. 34 *Der kleine Lord*, Frances Hodgson Burnett, Bd. 35 *Der letzte Mohikaner*, James Fenimore Cooper, Bd. 36 *Der Prozess*, Franz Kafka, Bd. 37 *Der Sandmann*, ETA Hoffmann, Bd. 38 *Der Schimmelreiter*, Theodor Storm, Bd. 39 *Der Schuss von der Kanzel*, Conrad Ferdinand Meyer, Bd. 40 *Der Seewolf*, Jack London, Bd. 41 *Der seltsame Fall des Dr. Jekyll und Mr. Hyde*, Robert Louis Stevenson, Bd. 42 *Der Stechlin*, Theodor Fontane, Bd. 43 *Der Sturmheidhof (Sturmhöhe)*, Emily Brontë, Bd. 44 *Der Tor und der Tod*, Hugo v. Hofmannsthal, Bd. 45 *Der Weg ins Freie*, Arthur Schnitzler, Bd. 46 *Der zerbrochene Krug*, Heinrich v. Kleist, Bd. 47 *Deutsches Märchenbuch*, Ludwig Bechstein, Bd. 48 *Deutschland. Ein Wintermärchen*, Heinrich Heine, Bd. 49 *Die Abenteuer der sieben Schwaben*, Ludwig Aurbacher, Bd. 50 *Die Burg von Otranto*, Horace Walpole, Bd. 51 *Die drei Musketiere*, Alexandre Dumas, Bd. 52 *Die Elixiere des Teufels*, ETA Hoffmann, Bd. 53 *Die Geschichte meines Lebens*, Georg Ebers, Bd. 54 *Die Insel Felsenburg*, Johann Gottfried Schnabel, Bd. 55 *Die Judenbuche*, Annette v. Droste-Hülshoff, Bd 56. *Die Kameliendame*, Alexandre Dumas, Bd. 57 *Die Kartause von Parma*, Stendhal, Bd. 58 *Die Kreutzersonate*, Lew Tolstoi, Bd. 59 *Die Leiden des jungen Werther*, Johann Wolfgang v. Goethe, Bd. 60 *Die Leute von Seldvyla I*, Gottfried Keller, Bd. 61 *Die Leute von Seldvyla II*, Gottfried Keller, Bd. 62 *Die Marquise*, George Sand, Bd. 63 *Die Marquise von O.*, Heinrich v. Kleist, Bd. 64 *Die Memoiren der Fanny Hill*, John Cleland, Bd. 65 *Die Ratten*, Gerhard Hauptmann, Bd. 66 *Die Räuber*, Friedrich v. Schiller, Bd. 67 *Die Regentrude*, Theodor Storm, Bd. 68 *Die Reisen des Baron zu Münchhausen*, Bd. 69 *Die Schatzinsel*, Robert Louis Stevenson, Bd. 70 *Die Verlobten*, Allessandro Manzoni, Bd. 71 *Die Verwandlung*, Franz Kafka, Bd. 72 *Die Verwirrungen des Zöglings Törleß*, Robert Musil, Bd. 73 *Die Waffen nieder*, Berta von Suttner, Bd. 74 *Die Wahlverwandtschaften*, Johann Wolfgang v. Goethe, Bd. 75 *Don Carlos*, Friedrich v. Schiller, Bd. 76 *Eduards Traum*, Wilhelm Busch, Bd. 77 *Effi Briest*, Theodor Fontane, Bd. 78 *Egmont*, Johann Wolfgang v. Goethe, Bd. 79 *Ein Held unserer Zeit*, Michail Lermontoff, Bd. 80 *Einsichten und Ausblicke*, Gerhard Hauptmann, Bd. 81 *Emilia Galotti*, Gottold Ephraim Lessing, Bd. 82 *Erinnerungen aus galanter Zeit*, Giacomo Casanova, Bd. 83 *Erzählungen*, Wilhelm Busch, Bd. 84 *Es waren zwei Königskinder*, Theodor Storm, Bd. 85 *Essays*, Michel de Montaigne, Bd. 86 *Franz Sternbalds Wanderungen*, Ludwig Tieck, Bd. 87 *Fräulein Else*, Arthur Schnitzler, Bd. 88 *Frühlings Erwachen*, Frank Wedekind, Bd. 89 *Gedanken*, Blaise Pascal,

Bd. 90 *Gefährliche Liebschaften*, Pierre-Ambroise-François Choderlos de Laclos, Bd. 91 *Gegen den Strich*, Joris-Karl Huysmany, Bd. 92 *Geschichte des Fräuleins von Sternheim*, Sophie v. La Roche, Bd. 93 *Geschichte vom braven Kasperl und dem Annerl*, Clemens Brentano, Bd. 94 *Geschichten aus dem Wienerwald*, Ödön v. Horváth, Bd. 95 *Glanz und Elend der Kurtisanen*, Honore de Balzac, Bd. 96 *Glück und Unglück der berühmten Moll Flanders*, Daniel Defoe, Bd. 97 *Götz von Berlichingen*, Johann Wolfgang v. Goethe, Bd. 98 *Gullivers Reisen*, Jonathan Swift, Bd. 99 *Heidis Lehr und Wanderjahre*, Johann Spyri, Bd. 100 *Heinrich von Ofterdingen*, Novalis, Bd. 101 *Hiob Roman eines einfachen Mannes*, Joseph Roth, Bd. *102 Immensee*, Theodor Storm, Bd. 103 *Iphigenie auf Tauris*, Johann Wolfgang v. Goethe, Bd. 104 *Italienische Märchen*, Clemens Brentano, Bd. 105 *Ivannhoe*, Walter Scott, Bd. 106 Jahrmarkt der Eitelkeiten, William Makepaece Thackeray, Bd. 107 *Jane Eyre*, Charlotte Brontë, Bd. 108 *Jugend ohne Gott*, Ödön v. Horvath, Bd. 109 *Jürg Jenatsch*, Conrad Ferdinand Meyer, Bd. 110 *Kabale und Liebe*, Friedrich v. Schiller, Bd. 111 *Kasimir und Karoline*, Ödön v. Horvath, Bd. 112 *Kinder- und Hausmärchen*, Gebrüder Grimm, Bd. 113 *Kleiner Mann, was nun*, Hans Fallada, Bd. 114 *König Alkohol*, Jack London, Bd. 115 *Krambambuli*, Marie Ebner-Eschenbach, Bd. 116 *Lausbubengeschichten*, Ludwig Thoma, Bd. 117 *Lavinia - Pauline - Kora*, George Sand, Bd. 118 *Leben und Lüge*, Detlev von Liliencron, Bd. 119 *Lebensansichten des Katers Murr*, ETA Hoffmann, Bd. 120 *Lenz. Der hessische Landbote*, Georg Büchner, Bd. 121 *Lieutenant Gustl*, Arthur Schnitzler, Bd. 122 *Lord Jim*, Joseph Conrad, Bd. 123 *Luise*, Johann Heinrich Voß, Bd. 124 *Madame Bovary*, Gustave Flaubert, Bd. 125 *Märchen*, Wilhelm Hauff, Bd. 126 *Maria Stuart*, Friedrich v. Schiller, Bd. 127 *Max Havelaar*, Multatuli, Bd. 128 *Meister Floh*, ETA Hoffmann, Bd. 129 *Michael Kohlhaas*, Heinrich v. Kleist, Bd. 130 *Minna von Barnhelm*, Gotthold Ephraim Lessing, Bd. 131 *Moby Dick*, Hermann Melville, Bd. 132 *Nathan, der Weise*, Gotthold Ephraim Lessing, Bd. 133-1 und 133-2 *Nils Holgersson wunderbare Reise*, Selma Lagerlöf, Bd. 134 *Niels Lyne*, Jens Peter Jacobsen, Bd. 135 *Nußknacker und Mausekönig*, ETA Hoffmann, Bd. 136 *Oliver Twist*, Charles Dickens, Bd. 137 *Onkel Toms Hütte*, Herriett Beecher Stowe, Bd. 138 *Peter Schlemihls wundersame Geschichte*, Adalbert v. Chamisso, Bd. 139 *Peterchens Mondfahrt*, Gerdt v. Bassewitz, Bd. 140 *Pinocchio*, Carlo Collodi, Bd. 141 *Reinecke Fuchs*, Johann Wolfgang v. Goethe, Bd. 142 *Rheinmärchen*, Clemens Brentano, Bd. 143 *Rinaldo Rinaldini*, Christian August Vulpius, Bd. 144 *Robinson Crusoe*; Daniel Defoe, Bd. 145 *Romeo und Julia*, William Shakespeare Bd. 146 *Schach von Wuthenow*, Theodor Fontane, Bd. 147 *Schachnovelle*, Stefan Zweig, Bd. 148 *Schatzkästlein des rheinischen Hausfreundes*, Johann Peter Hebel, Bd. 149 *Schelmuffskys Reisebeschreibung*, Christian Reuter, Bd. 150 *Schloss Gripsholm*, Kurt Tucholsky, Bd. 151 *Siebenkäs*, Jean Paul, Bd. 152 *Sternstunden der Menschheit*, Stefan Zweig, Bd. 153 Tao te king, Laotse, Bd. 154 *Till Eulenspiegel*, Hermann Bote, Bd. 155 *Tolldreiste Geschichten*, Honorè de Balzac, Bd. 156 *Tom Jones, Geschichte eines Findelkindes*, Henry Fielding, Bd. 157 *Tom Sawyers Abenteuer und Streiche*, Mark Twain, Bd. 158 *Troquato Tasso*, Johann Wolfgang v. Goethe, Bd. 159 *Traumnovelle*, Arthur Schnitzler, Bd. 160 *Trost der Philosophie*, Boethius, Bd. 161 *Über den Umgang mit Menschen*, Adolph Freiherr v. Knigge, Bd. 162 *Uli der Knecht*, Jeremias Gotthelf, Bd. 163 *Uli der Pächter*, Jeremias Gotthelf, Bd. 164 *Ungeduld des Herzens*, Stefan Zweig, Bd. 165 *Ut oler Welt*, Wilhelm Busch, Bd. 166 *Vater Goriot*, Honorè de Balzac, Bd. *167 Väter und Söhne*, Ivan Sergejeviç Turgenev, Bd. 168 *Verlorene Illusionen*, Honorè de Balzac, Bd. 169 *Von der Freiheit eines Christenmenschen*, Martin Luther – Bd. 170 *Von der Ursache, dem Prinzip und dem Einen*, Bruno Giordano, Bd. 171 *Vor Sonnenuntergang*, Gerhard Hauptmann, Bd. 172 *Walden oder Leben in den Wäldern*, Henry D. Thoreau, Bd. 173 *Wilhelm Meisters Lehrjahre*, Johann Wolfgang v. Goethe, Bd. 174 *Wilhelm Meisters Wanderjahre*, Johann Wolfgang v. Goethe, Bd. 175 *Wilhelm Tell*, Friedrich v. Schiller

Von demselben Autor/Herausgeber sind bei BOD bereits erschienen:

Alle Tage Feiertage
ISBN 978-3-7386-0409-2, 280 S.
Allerlei Anlässe zum Aktionieren, Feiern und Gedenken

100 Kinderlieder
ISBN 978-3-7322-3024-2, 112 S.
100 Kinderlieder, altbekannt und immer wieder gern gesungen

Liederbuch (Deutsche Volkslieder)
ISBN 978-3-8423-6702-9, 312 S.
300 Volkslieder aus 8 Jahrhunderten und aller Herren Länder

Sagen und Erzählungen aus Marburg und Oberhessen
ISBN 978-3-7347-8909-0 , 164 S.
Allerlei Schwänke und Geschichten aus dem Marburger Land

Tausenderlei über die Freiheit
ISBN 978-3-7322-9721-4, 140 S.
Mehr als 1000 Zitate, Bonmots und Aphorismen über die Freiheit

Tausenderlei über das Glück
ISBN 978-3-7322-5525-2, 160 S.
Mehr als 1000 Zitate, Bonmots und Aphorismen über das Glück

Tausenderlei über die Liebe
ISBN 978-3-8423-7474-4, 140 S.
Mehr als 1000 Zitate, Bonmots und Aphorismen zum Thema Nr. Eins

Weihnachtsgedichte– Verse, Reime und Gedichte zum Fest
ISBN 978-3-7347-6393-9, 352 S.
290 Werke bekannter und unbekannter Dichter zum Weihnachtsfest

Weihnachtsgeschichten - Erzählungen und Märchen
ISBN 978-3-7347-6404-2, 392 S.
85 kurze und lange Texte zur Weihnachtszeit

Weihnachtsgeschichten 2
ISBN 978-3-7481-7533-9, 360 S.
35 kürzere und längere Geschichten zur Weihnacht

100 Weihnachtslieder
ISBN 978-3-7322-3375-5, 112 S.
100 Weihnachtslieder aus der Heimat und der ganzen Welt

Lob und Tadel an tessitore@web.de